Ute Rautenberg

Jan Wiegand

AF281356

Einen Moment bitte

Texte zu Alltäglichem

Illustrationen

Jan Wiegand

Bibliografische Information der Deutschen Nationalbibliothek:
Die Deutsche Nationalbibliothek verzeichnet diese
Publikation in der Deutschen Nationalbibliografie;
detaillierte bibliografische Daten sind im Internet
über http://dnb.dnb.deabrufbar.

© 2024 Ute Rautenberg/Jan Wiegand
Verlag: BoD · Books on Demand GmbH, In de Tarpen 42,
22848 Norderstedt
Druck: Libri Plureos GmbH, Friedensallee 273, 22763 Hamburg
ISBN: 978-3-7693-1286-7

Ute Rautenberg
Jan Wiegand

Einen Moment bitte

Texte zu Alltäglichem

Illustrationen

Jan Wiegand

Inhaltsverzeichnis

I

Vorwort

Letztes Jahr haben wir unser erstes Buch ‚Da draußen‘ veröffentlicht. Nach der großen Resonanz haben wir wieder sechsundzwanzig Themen samt neuen Illustrationen zusammengestellt.

Seit Ende 2021 veröffentlichen wir auf unserem RAU-WIE-BLOG jeden Freitag zwei Texte zum Alltäglichen. Ein sich spontan ergebendes Thema, ein Wort oder ein Foto dient beim Speed-Writing als gemeinsamer Impuls. Zwei Erzählungen, zwei Erinnerungen, zwei Meinungen zum gleichen Thema im gleichen Zeitraum geschrieben. Beim Vorlesen zeigen sich nicht selten parallele oder konträre Assoziationspfade, treten häufig überraschende Übereinstimmungen und Unterschiedlichkeiten auf. Mittlerweile hat sich unsere Freude fest im Alltäglichen etabliert, auf diese Weise spontan Texte zu schreiben und Geschichten zu erzählen.

Wenn Sie Lust auf weitere Geschichten haben, besuchen Sie unsere Homepage: www.rau-wie.de
Möchten Sie wöchentlich über Neuerscheinungen informiert werden, schicken Sie uns gerne eine E-Mail: rau-wie@web.de

Wir wünschen viel Vergnügen, das Alltägliche wieder einmal anders zu sehen.

Ute Rautenberg und Jan Wiegand
Berlin und Bonn
im Dezember 2024

G

Geschwindigkeit
A?
ii=_ M

u=§=§ [?]=%
Beschieunigu ng
? av
a=_ Ai

Dynamik
? _ L 1| m
a =v=5 ia]= ?
s{t}=?-a-t2 +v?
v(t)=a
t+vU
Impuls
n=n1.fr

Kraft
I5= m-
iP]=i‹s-a
a |3'=in F=d_o=§ [F]=N Newton
Al dl
Gewichtskra?
kg?m
I11 N = ?
F=m-g q =9.B1§ gl
Federkra? nach Hooks
‹ –g.

Raibungskraft
F|§–f'
f= F?

Keine Ahnung

RAU

Dieses Gefühl beschleicht sie ihr halbes Leben. Schon als Kind hat sie das Meiste nicht verstanden, von dem die Erwachsenen so oft und gerne geredet haben, Mieterhöhung, Lebensversicherung, Scheidung, Grundstückspreise, Inflation, Wachstum, Konkurs, Rendite. Und hat auch oft nicht verstanden, von dem in der Schule gesprochen wurde, Binomische Formeln, Peer und Ohm, Photosynthese oder die Geburt von Jesus. Eine Jungfrau bekommt ein Kind? Also blieb ihr nichts als Fragen zu stellen und damit hat sie sicherlich die Anderen oft genervt.

Heute fragt sie immer noch. Während eines Gespräches mit ihrer großen Tochter über deren Job bei bald jedem dritten Wort danach, was es auf deutsch bedeutet. Oder danach, was Bitcoins und Halbleiter sind und wie Künstliche Intelligenz, Gaspipelines und digitale Überwachung wirklich funktionieren. Ihre Frageliste ist nicht kürzer geworden. Irgendwie lebt sie die meiste Zeit ihres Lebens wie früher die Sachsen in der DDR, die im Tal der Ahnungslosen kein Westfernsehen empfangen konnten. Keine Ahnung? Das ist bei ihr der Normalzustand.

Sie kann also wirklich nicht behaupten, dass es mit steigendem Lebensalter besser geworden ist. Klar, sie kannte damals alle einschlägige und angesagte Musik bis zum Alter von vierundzwanzig oder auch fünfundzwanzig, wusste zum Zeitpunkt ihres Uniabschlusses so ziemlich alles über ihr, zugegebenermaßen sehr exotisches Forschungsthema, und wurde eine Zeitlang danach auch immer wieder gerne auf Fortbildungen und Kongressen als Spezialistin dazu eingeladen und herumgereicht. Ach, sie sind die Frau mit den … Dass das später Alleinstellungsmerkmal heißen würde, wusste sie damals noch nicht. Und auch nicht, dass sie zu diesem Zeitpunkt auf ihrem persönlichen Olymp der Wissenden gewesen ist.

Doch was gemacht daraus hat sie nicht, zumindest nicht im klassischen Sinne. Denn ihre Neugier hat sie bald wieder in neue Gefilde getrieben und in einen anderen Beruf und nach einigen Jahren in den nächsten, und jedes Mal wieder hat es geheißen, gefühlt wieder bei ‚Null' anzufangen, zum Glück. Neuanfang und erstmal keine Ahnung zu haben gehören für sie genauso zusammen wie Ahnung zu haben und irgendeine Form von Dauer an den Tag zu legen, zum Beispiel Wohnort und Job nicht zu wechseln, Lebenspartner und Hobbys am besten auch nicht.

Doch irgendwie hat sie die Neugier immer mehr gereizt als der Zustand Ahnung zu haben. Menschen mit viel Wissen haben sie von jeher nur dann nicht abgeschreckt, wenn sie es charmant haben vermitteln können. Am meisten hat sie deshalb Respekt vor schlauen Menschen, die sich in jede noch so fremde Materie einlesen und von den richtigen Menschen beraten lassen können, um es dann in ihrer Sprache verständlich zu vermitteln.

Nie müde werden, viele Fragen zu stellen. Das gefällt ihr. Keine Ahnung? Spielt dann absolut keine Rolle mehr oder nur noch als immer noch üblicher Spruch von ihren Kindern, die partout nicht über dies oder jenes reden wollen.

Keine Ahnung

WIE

Wo geht´s lang?
Kenn´ mich hier nicht aus.
Wo sind wir jetzt?
Wo wollen wir hin?
Muss das Navi fragen,
vielleicht kann es die Antwort sagen.
Wo ist das denn?
Läd´ das noch, läuft das schon?
Keine Ahnung.

Wie funktioniert das denn?
Wie geht das hier,
wo schalt ich ein?
Wie geb´ ich was ein, wie krieg ich das weg?
Warum klappt das nicht, wieso krieg ich nichts rein?
Wie kann das sein?
Keine Ahnung.

Was sind das für Knöpfe?
Set, Charge, Reset?
Jetzt nicht gleich Stop,

ich will starten
und nicht erst warten.
Was soll das denn?
Ich hab' den Ausgangsort
und auch das Ziel,
was denn noch?
Keine Ahnung.

Uhrzeit und Kalenderzeit,
E-mail und Passwort,
Phone und Wohnort,
was am besten noch?
Lieblingsspeise,
Lieblingsfarbe,
vielleicht noch meinen Pass?
Da endet doch der Spaß.
Wer will das wissen?
Keine Ahnung.

Jetzt soll ich zustimmen,
soll Geschäftsbedingungen lesen,
Kleingedrucktes verstehen,
Optionen wählen,
Cookies verwalten,
Einverständnis erteilen,
passt doch gar nicht in zwei Zeilen.
Wie soll das gehen?
Keine Ahnung.

Halt doch mal an,
bleib doch mal stehen.
Wer sagte noch, alles so praktisch,
alles so läppisch,
einfach und bequem,

für jeden zu verstehen.
Wie geht´s jetzt weiter?

Wo fahr´n wir hin?
Wo sind wir hier?
Keine Ahnung.

Sehnsucht

RAU

Da bin ich wieder. Du kennst mich, magst mich aber nicht besonders, und doch geht es ohne mich meist nicht. Ich weiß, dass Du alles dafür machst, damit du mich nicht spüren musst, aber oft helfen leider auch die größten Mühen nicht. Denn nicht alles hast Du selber in der Hand, Andere bestimmen mehr, als Dir recht ist. Zufall, Schicksal, manchmal auch nur eine zu hohe Rechnung, eine Kündigung oder ein böser Machtmensch trüben die Stimmung.

Dann komme ich ins Spiel. Ich kann für so Vieles stehen: für Entspannung und Frieden, mehr Anregung und weniger Mühsal, größere Anerkennung und tiefere Bindung, gesünderes Leben und leidenschaftlicheren Sex, für Freiheit, Rechte und Sicherheit für Dich und Deine Lieben. Immer stehe ich für das Positive und für das, was gerade fehlt.

Wenn Du meinst, es reicht doch, wie du es machst. Wenn Du denkst, das wird schon werden, es ist doch alles gut. Und wenn es nicht gut ist, könnte es immerhin ja noch viel schlechter sein, dann melde ich mich bei Dir und mache Dein Leben unruhig.

Aber bin ich nicht dein wahrer Kompass? Bin ich nicht die Stimme Deines Herzens und Deiner Seele, die Dir aus dem Bauch heraus zuruft? Es ist nicht so, wie Du denkst! Es ist nicht wirklich gut! Da fehlt doch etwas! Ich zeige Dir den Mangel, und meine kleine Schwester ist die Neugier, einem Kind gleich sucht und sucht sie, findet hier und dort die Überraschungen, die es braucht, um zu sagen: Genau, deshalb lebe ich doch. Genau so soll es sein.

Einen Maler gab es, der mich mit Pinsel und Farben auf die Leinwand bringen konnte wie kein anderer. Der für diese manchmal bis zum Zerreißen schmerzende Leerstelle, für die ich stehe, Bilder schuf, die für die Ewigkeit geschaffen sind. Der kleine Mönch steht verloren vor dem großen Meer und sucht Antworten in der Weite des Horizontes, sucht vielleicht gar seinen verlorenen Gott. Männer sehen großen Schiffen nach, Paare blicken in die Weite einer grandiosen Landschaft, endlos schöne Traumlandschaften im Abendlicht, sie alle erzählen von mir.

Ich weiß, dass ich nicht gerne empfangen werde, aber wäre ein Leben ohne mich wirklich besser? Nur im Paradies könnte ich mich getrost hinter einen Baum legen und sanft einschlafen, aber wer lebt schon dort? Und die wenigen, die es vielleicht tun, meinen sie nicht allzu oft, es könnte dort noch größer, vielschichtiger und müheloser sein?

Da bin ich also wieder. Rüttele Dich, frage und plage Dich womöglich auch. Habe keine fertigen Antworten dabei, sondern nur kleine Hinweisschilder, die oft nicht

14

leicht zu lesen sind. Verursache Schmerzen und Pein und verspreche nichts. Wenn Du mir zuhörst und vertraust, kann ich Dir immerhin den Weg der Linderung zeigen, an dessen Ende vielleicht die Erfüllung steht. Alles ohne Gewähr. Was meinst Du? Haben wir beide jetzt wieder einen Deal?

Sehnsucht

WIE

1   „Ist das nicht traumhaft", schwärmt er zum Kellner gewandt und lässt am ausgestreckten Arm das Rotweinglas vor dem rot leuchtenden Abendhimmel gleiten. "Dieser Blick, unbezahlbar", seufzt er, leert das Glas in einem Zug und kramt umständlich nach dem Portemonnaie in seiner Gesäßtasche. Dass er eigentlich hier in dem Fünf-Sterne- Restaurant über der Bucht von Santorin mit Margot sitzen wollte, kann der Kellner nicht wissen, auch nicht, dass sie ihm nach fünfundzwanzig Jahren kurz vor der Abreise mitgeteilt hat, dass sie sich scheiden lassen will, und er allein fahren muss. „Davon habe ich immer geträumt" flunkert er und steckt die Rechnung ein, ohne drauf zu gucken.

2   Das ungewöhnliche Klappern vor allem bei den Abwärtsfahrten des Aufzugs ist ihr schon mehrmals aufgefallen. Genauso wie das ungewöhnliche Ruckeln der Aufzugstüren, die ansonsten immer viel zu schnell schließen. Für sie, mit Kinderwagen, zwei weiteren Kindern und den Einkaufstüten am Arm ist es schwer

genug, alles zusammen in den Aufzug zu bekommen. Wie oft hat sie sich gewünscht, einmal ohne dieses ganze Gepäck unterwegs zu sein, ohne die ganze Schlepperei. Jetzt ist der Aufzug zwischen der 9. und 10. Etage stehen geblieben. Sie stecken fest. Der Mann am anderen Ende des Notrufschalter sagt, sie schicken jemanden raus. Es könne aber dauern. Diesmal hat sie keine Einkaufstüten dabei, keine Süßigkeiten, nichts zu trinken, keine Windeln, rein gar nichts.

3 Ein Pool, dessen Wasseroberfläche genau mit dem Beckenrand abschließt. Einer, bei dem man während des Schwimmens auf das prächtige Bergpanorama blicken kann statt auf blaue Fliesen. Genauso hat er es vor neunzehn Jahren in der Villa seines Chefs gesehen und damals den Entschluss gefasst, eines Tages auch so etwas zu besitzen. Und dann, vor einem Jahr, hat er sich so eine Villa leisten können, mit einem Pool, dessen Wasserkante bis an den Beckenrand reicht. Der eigene Pool im Voralpenland, das fühlt sich gut an, wenn man das geschafft hat, dann kann man auch mal über den Tellerrand schauen. Hier schaut er über den Beckenrand, nahezu jeden Morgen. Doch schon jetzt kann er nichts Aufregendes mehr daran finden.

4 Seit drei Stunden warten sie in der Menge vor den Eingangstoren des Stadions. Es regnet. Sie schaut auf ihre Schuhe. Die sind neu, genauso wie Jacke und Hose, der neue Haarschnitt und die neue Brille. Alles angeschafft für dieses Mega-Event, für diesen Tag. Die Konzertkarten waren schon teuer genug, Flug, Hotelbuchung in München und all das kam noch hinzu. "Wenn schon, denn schon", hat sie immer zu ihrem Mann gesagt. Wie sehr hat sie diesen Tag erwartet. Sie versucht

ein Selfie zu machen, doch alles sieht bescheuert aus. Überall riesige Plastikkapuzen, Regenschirme, darüber grauer Himmel. Trotzdem schickt sie das Foto ihrer besten Freundin mit den Worten: „In spätestens drei Stunden werden wir Andrea auf der Bühne erleben können, ich bin so aufgeregt." „Erkälte dich nicht, meine Kleine", heißt die unmittelbare Antwort. „Du könntest mich ruhig ein wenig mehr beneiden" schreibt sie schnippisch zurück."

اب وَهُمْ ظُلِمُونَ

Weitere Aussichten

RAU

Jetzt kommt nichts über das Wetter, keine Sorge. Und es kommt auch nichts zum Verlauf der anderen, ziemlich unerquicklichen Themen, die seit Monaten die Schlagzeilen beherrschen.

Ich werde von Agnes und Amir erzählen, und Sie werden staunen, da bin ich mir sicher. Vor über einem Jahr habe ich die beiden zusammengebracht, die sich sonst niemals kennengelernt hätten, da bin ich mir noch sicherer. Aber schön der Reihe nach, wir haben ja ein wenig Zeit. Und das ist in dieser Geschichte ziemlich wichtig, Zeit füreinander zu haben.

Agnes ist meine Nachbarin und hunderteins Jahre alt. Sie war sehr viele Jahre glücklich verheiratet, leider ist ihr Mann schon über dreißig Jahre tot, und seitdem ist Agnes Witwe, eine ziemlich unglückliche, wie ich fand. Früher eine selbstbewusste und angesehene Chefsekretärin dümpelte sie in ihrer Drei-Zimmer-Wohnung immer mehr vor sich hin, vergaß zu essen und hatte so gar keine Freude mehr am Leben, sie vereinsamte. Ihr gesetzlicher Betreuer wollte sie in eine Pflegeeinrichtung geben, doch da hat sie rebelliert. Und so habe ich auf einem WG-Portal eine Suchanzeige gestartet, Wohnung gegen Betreuung, dreiundzwanzig Frauen haben sich gemeldet und ein Mann.

Dieser einzige Mann war Amir. Sportstudent aus dem Iran, achtundzwanzig Jahre jung, wegen seiner Homosexualität hat sich seine Familie von ihm abgewandt, und er hat sein Land verlassen, hat hier gutes Deutsch gelernt, macht eine Ausbildung zum Krankenpfleger und spielt leidenschaftlich gerne Hallenfußball im Verein.

Seit einem Jahr wohnt er nun schon bei Agnes, schläft auf dem Sofa im Gästezimmer und hat seine Sachen in einem mobilen Plastikschrank hinter der Tür verstaut. Er arbeitet viel, macht seinen Sport und kümmert sich um Agnes, ‚seine Oma und seine Familie', wie er sie immer wieder liebevoll nennt. Er kauft ein, macht Frühstück, wenn er Spätdienst hat, und Abendessen, wenn er Frühdienst hat. Er putzt ihre Zahnprothese und steckt sogar glänzende Klämmerchen in ihr schneeweißes Haar. Bringt sie ins Bett oder weckt sie in der Früh und erzählt ihr von seinem Tag. Trägt sie drei Stockwerke hoch und runter, wenn der Fahrstuhl mal wieder streikt, schiebt sie im Rollstuhl durch die Straßen, geht mit ihr ins Schwimmbad und in den Zoo, nimmt sie mit zu seinen Freunden in die Schisha-Bar, singt und tanzt sogar mit ihr im Wohnzimmer. Nimmt oft ihre Hand, und sie seine, sie berühren sich viel, reiben ihre Nasen aneinander, geben sich kleine Küsse auf die Wangen und sagen voller Überzeugung und auch Dankbarkeit, was wären wir nur ohne einander. Gerade planen sie ihren ein-hundertzweiten Geburtstag in einem Monat, den sie mit mir und einigen seiner Freunde in einem kleinen Lokal feiern wollen.

Wer hätte sich das alles vor einem Jahr vorstellen können? Ohne Amir würde Agnes vielleicht gar nicht mehr
leben oder längst in einem Pflegeheim vor sich hindäm-
mern, und ohne Agnes würde sich Amir in der großen
Stadt im fremden Land nicht so angekommen fühlen. So
geben sie sich beide das, was sie brauchen.

Die weiteren Aussichten? Wer weiß schon, was das
Leben bringt, auf jeden Fall sind die beiden mittlerweile
so etwas wie ziemlich beste Freunde geworden, und hoffen, dass der nächste Geburtstag hoffentlich nicht Agnes
letzter sein wird.

Weitere Aussichten

WIE

Das Fest im Garten ist seit langem geplant und längst
überfällig, endlich nach einer langen Zeit der geselligen
Entbehrungen. Als erstes steht natürlich die Frage im
Raum: „Wie soll das Wetter werden?" Das sollte man
wissen für die Aufstellung des Büfetts im Garten, bei der
Bestellung von Grillfleisch, bei der Besorgung von Party-
zelten, bei der Verteilung von Sitzpolstern auf den Stüh-
len.

„Hoffentlich spielt das Wetter mit", heißt es dann immer so schön. Wobei das Wetter auch gerne mal Streiche
spielt oder sich als Spielverderber entpuppt. Dabei wer-

den die Aussichten auf den Handys verfolgt und kontrolliert wie nie zuvor in der Geschichte des Wetters, und man sollte meinen, das Wetter kann schon lange nicht mehr einfach das tun, was es will. Jedes Hoch und Tief, jede Wind- und Wolkenbewegung samt Windstärke, Sonnenstunden und Niederschlagswahrscheinlichkeit, alles ist im Blick von Millionen Wetter-App-Usern.

Doch die weiteren Aussichten sind in Wirklichkeit wenig verbindlich, sie helfen vor allem bei Gesprächen über das Wetter. Denn wenn sie näher rücken, verändern sie sich gerne und die ehemals weiteren Aussichten haben wenig mit den näheren Aussichten zu tun, zu denen sie mittlerweile geworden sind. Und irgendwann ist das Wetter auf der Position der Gegenwart. Und dann sieht das Wetter wieder anders aus als zu dem Zeitpunkt, als es noch nähere Aussicht war. Für einen kurzen Moment nur ist das Wetter Fakt, zum Beispiel als Regen oder Gewitter. Doch genau das gibt einem die Gelegenheit auf dem Handy nach den weiteren Aussichten zu schauen, wie es zum Beispiel in einer halben Stunde aussehen wird. Weil es mittlerweile wieder neue Aussichten gibt, die zwar auch wenig genau sind, aber ja wieder genauer werden, wenn sie auf die Position der näheren Aussichten rutschen.

Über all dem Wetter schwebt das Klima, und da wird ein Klimawandel voraussagt. Der besteht auch aus Zahlen mit einer gewissen Spanne für Abweichungen. Die Konsequenzen, die sich daraus für heute ergeben, hängen von diesen Zahlen ab. Das ist normal, das muss meistens so sein, bei der Vorbereitung von Gartenfesten wie bei wie bei den Maßnahmen gegen zu CO_2 Ausstoß. Und trotz der Ungenauigkeit ist es gut, dass es sie gibt.

So richtig überzeugt das nicht jeden, und wir denken, lass die weiteren Aussichten erst mal die näheren werden, und dann gucken wir weiter. Und bis dahin haben sich auch schon wieder neue, weitere Aussichten gebildet. Und mit ihnen werden mit Gewissheit auch neue Themen und Probleme verbunden sein, weil neue Probleme immer dazukommen, auch wenn die alten noch da sind. Und zusammen mit den neuen Problemen wird es dann eine Gegenwart geben, die ist wieder anders als die Aussichten von Heute es vorausgesagt haben.

Die Wetteraussichten für das Gartenfest sind nicht besonders gut, aber es wäre zu schade, die lang ersehnte Gelegenheit nicht zu ergreifen. Als das Treffen dann endlich stattfindet, bleibt es mild, leicht bewölkt, nicht zu heiß. Genau richtig um zu grillen und im Garten zu feiern.

Kann ich dich mal was fragen?

So hat die Lesung angefangen. Die Frau im Buch hat den Mann aus der Nachbarschaft ziemlich schnell gefragt, nachdem er sie reingebeten hat. Hat ihm von ihrer Einsamkeit erzählt und von ihren Dämonen in der Nacht und ihn dann ziemlich direkt gefragt, ob er nachts bei ihr schlafen könnte.

Nachdenklich tritt Charlotte eineinhalb Stunden später aus dem großen Saal in die kalte Nacht, wie Konrad die Geschichte wohl gefallen hätte? Vielleicht würde ihn später auch eine entfernte Nachbarin oder Freundin so fragen, wenn sie nicht mehr wäre. Aber würde sie sich selber das auch trauen?

Egal, ob sie sich jetzt trennen oder später oder doch zusammenbleiben, und Konrad eines Tages vor ihr gehen würde, brächte sie den Mut dieser Frau im Buch haben, jemandem diese Frage zu stellen? Geht in Gedanken rasch mögliche Kandidaten in der Nachbarschaft durch und dann im Freundes- und Bekanntenkreis, drei fallen ihr ein, bei denen sie sich es vorstellen könnte. Könntest Du nachts bei mir schlafen?

Wie bei der Lesung auch käme sicherlich erst einmal

ein Schweigen auf der anderen Seite, und sie würde wie die Frau sagen, ohne Sex natürlich, wenn du daran gedacht hast. Und die Männer, die sie im Kopf hat, würden vielleicht auch wie der Mann im Buch antworten, daran habe ich wirklich gedacht, ob du das auch meinst, Sex.

Die Geschichte im Buch hatte danach viele unglaublich schöne, berührende Momente und ging leider nicht ganz so gut aus, denn die Interessen, Widerstände und Einmischungen der jeweils erwachsenen Kinder der beiden zeigten bald ihre Wirkungen. Aber die beiden hielten weiterhin Kontakt, der durchaus hoffen ließ, und so konnte Charlotte doch einigermaßen tröstlich die Lesung verlassen.

Auf dem Heimweg nimmt sie sich Zeit, fährt mit dem Rad langsam durch die leeren Straßen, während die Geschichte der beiden sie nicht loslässt. Ganz tief in ihrem Innersten klopft da nicht auch diese Angst vor der Nacht? Den Rest ihres Lebens Nacht für Nacht alleine liegen zu müssen und neben sich niemanden atmen zu hören, keine andere Haut und Wärme zu spüren und kein noch so kurzes Gespräch vor dem Einschlafen zu führen? In den letzten Wochen hat sie manchmal daran gedacht, wie es nachts wäre ohne Konrad. Wie sie ohne ihn den nächtlichen Dämonen begegnen und mit dem Alleinliegen fertig werden würde. Ob sie Konrad vor allem nachts braucht? So ein Unsinn, denkt sie, siebenundzwanzig Jahr Ehe sind eben ein ständiges Auf und Ab, und gerade ist es eben mal wieder ein ziemlich langes und ungemütliches Ab. Und keine Lösung in Sicht.

Sie schließt ihr Rad ab und sieht an der Hausfassade hoch, alle Fenster ihrer Wohnung sind dunkel, Konrad ist also noch nicht zuhause. Seltsam, ausgerechnet an diesem Abend nach dieser Lesung, wo er sonst abends immer zu Hause ist. Kann ich ja schon mal üben, denkt sie und schließt die Haustür auf. Den Mut der Frau aus dem Buch wird sie auf jeden Fall so schnell nicht vergessen. Sich zu trauen von einer Schwäche zu erzählen, eine Tür aufzumachen und dahinter wieder eine volle Kanne Leben zu erleben, genau das ist es doch.

Kann ich dich mal was fragen?

WIE

Diese Frage stellt sie ihm in dem Moment, als der Kellner mit einem recht großen Tablett an ihren Tisch kommt. Sie sind beide nicht wenig über die Fülle auf dem Tablett überrascht, haben sie doch nur das mittlere Frühstück mit dem nichtssagenden Namen Sunshine bestellt. Jetzt muss auf die Schnelle der kleine, runde Tisch freigeräumt werden, um alle Schälchen, Platten und Karaffen, Säfte, Früchte, Aufschnitt und den Korb mit diversen Brötchen und Brotsorten abstellen zu können.

Gar nicht so einfach, das alles sortiert zu bekommen, auch noch zwei Handys, Zeitung und andere Kleinigkeiten wie Handschuhe, Schal und Mütze, die aber weiterhin in Reichweite bleiben sollen. Den dritten Stuhl haben sie bereits an den Nachbartisch ausgeliehen, denn mittlerweile sind alle Tische dieses Kult-Cafes besetzt und ein entsprechender Geräuschpegel füllt den Raum.

„Dieser neue Trend, einen halben Marktstand an Früchten und Obst zum Frühstück zu reichen, ist mir irgendwie suspekt", kann er sich nicht verkneifen zu sagen. Dass ihr Vorschlag, an diesem Samstagmorgen ganz einfach und bequem mal auswärts zu frühstücken, viel komplizierter zu sein scheint als anfangs gedacht, schiebt er aber lieber nicht hinterher. Nachdem alles auf dem Tisch untergebracht ist, und er kurz entschlossen die Zeitung einfach unter seinen Hintern geschoben hat, bleibt nur noch das Handy in seiner Hand übrig, das jetzt gerade kurz summt.

„Kann ich dich mal was fragen?", beginnt sie, während er schon den Blick auf sein Handy gerichtet hat. Ohne sie anzuschauen stellt er ihr die Gegenfrage: „Darf ich ganz kurz noch eine SMS abschicken? Da wartet eine Sache auf schnelle Antwort". Und ohne ihre Antwort abzuwarten beginnt er in sein Handy zu tippen.

„Dann darf ich schon mal anfangen", entgegnete sie leicht frustriert und füllt ihren Teller mit diversen Obstschnitzelchen, Melone, Maracuja, Ananas, Papaya, Kiwi und ganz banal mit Bananenscheibchen.

Als er dann auch fertig ist und sein Handy kurz entschlossen hochkant zwischen Käse und Joghurt platziert, schaut er sie lächelnd an. „Du wolltest gerade eine Frage stellen?", ist aber gleich damit beschäftigt, die einzige Scheibe rohen Schinken in der Mitte zu teilen.

„Ist nicht so wichtig", ihre Stimme klingt dabei schon etwas patzig, während sie interessiert seinen erfolglosen Schinkenteilungsversuch verfolgt, „jetzt nimm schon die Finger zur Hilfe, das wird ja nie was."

In diesem Augenblick werden sie von drei Frauen am Nachbartisch unterbrochen: „Könnten wir vielleicht mal kurz Pfeffer und Salz ausleihen?"
Sie reicht mit einem freundlichen Lächeln das kleine Set

herüber: „Alles, was hier Platz schafft, soll mir recht sein."

„Kann ich dich mal was fragen?", versucht er noch einzuwenden, da hat sich aber schon ein Gespräch zwischen ihr und den Frauen am Nachbartisch entwickelt, die sich in diesem Café regelmäßig treffen und alle Frühstücksvarianten bestens kennen. Als sie sich wieder ihm und dem eigenen Frühstück zuwendet, flüstert er, wobei sein Unmut nicht zu überhören ist: „Wieso gibst du Salz und Pfeffer ab, wenn du doch siehst, dass ich gerade vorhabe, mein Ei aufzuschlagen?"

Heimat

RAU

Als Junge war es die Familie. Mama, Papa und die anderen, der Garten noch und unsere Straße. Der Schulweg auch, die Freunde, der kleine Laden, in dem ich Süßigkeiten und Hefte gekauft habe. Und das Hotel, in dem Mama gearbeitet hat, und wir mittags alle zusammen gegessen haben. Heimat war einfach da und wurde jeden Tag mit neuen Erlebnissen gefüllt. Einen Tag später schon waren sie Erinnerungen und Klebstoff für so etwas wie ein Heimatgefühl, im Guten wie im Schlechten.

Auch als Jugendlicher war sie noch da, habe ich mich noch ganz selbstverständlich in ihr bewegt. Aber anderes darin wurde wichtiger: die neuen Freunde, die Frau, die mich küsste und mit der ich zum allerersten Mal schlief, der verwunschene Garten von Rüdigers Oma und auch die Drogen, die vor allem.

Dann zog ich in die große Stadt und wunderte mich von morgens bis spät: so groß und laut, so hell und freundlich, beeindruckend, fremd und angenehm, voller Menschen und so ganz anders. Schlief wenig in den ersten Jahren und staunte wie damals als kleines Kind vor den Geschenken unterm Weihnachtsbau. Das alles ist für mich? Alles nur für mich? Das wird meine neue Heimat?

So zog mich das Neue ganz nah zu sich heran, und das Alte verlor. So klein das Elternhaus? So popelig die früher so wichtige Eisdiele? Die Tochter des Chefs dort war früher wirklich mal mein erster Schwarm? Kaum zu glauben, wisch und weg, jetzt gibt es Andere. Das Leben war fortan eines auf der Überholspur und jeden Tag war ich wie ein Indianer auf Tour. Sagt man heute nicht mehr, und trotzdem war ich als Junge immer lieber Indianer als Cowboy.

Und heute? Das Haus, in dem ich wohne, hat in den vielen Jahren einen neuen Anstrich bekommen, neue Fenster und ein neues Dach. Einen Fahrstuhl auch, den ich aber nicht brauche im Erdgeschoß. Das war es auch schon. Stimmt nicht ganz, zwölf Menschen sind verstorben oder ausgezogen, sieben neu eingezogen und zwei wurden hier geboren. Der übliche Wandel in einem städtischen Haus.

Wo ich herkomme, gehöre ich nicht mehr hin. Wo ich lebe, ist rundherum fast nichts mehr wie früher. Meinen Friseur gibt es nicht mehr, Edeka an der Ecke hat einer spanischen Kita Platz gemacht, der kleine Zeitungsladen ist jetzt Büro der Linken-Abgeordneten. Im ehemaligen Konsumladen arbeitet nun eine internationale Filmagentur, wo früher die Drogerie war, schneiden jetzt Araber anderen Arabern Haare und Bärte. Zwei Shisha-Bars, vier Spätis, zwei Inder, fünf Dönerläden, drei Italiener, Japaner, Koreaner, Vietnamese, Thailänder, fünf leerstehende Geschäfte und drei schicke neue Appartementhäuser zeugen vom stetigen Wandel.

Ist das noch meine Stadt? Auf einer früher gefährlichen Straße fahre ich jetzt sicher auf einem breiten Pop-up Radweg, in Lokalen und Geschäften und im Amt höre ich oft stundenlang kein deutsches Wort. Ist das noch mein Land? Über dreißig Prozent wählen in meiner alten Heimat die Rechten, in meiner Stadt sind Menschen mit Migrationshintergrund Politiker, Unternehmer, Sportler, Lehrer und Krankenpfleger, bringen sich ein, übernehmen Verantwortung oder machen krumme Dinger. Machen alles wie die, die von hier sind, auch.

Meine kleine Dreieinhalb-Raumwohnung ist mein Zuhause, und manche vertraute Landschaft, einige Gerichte und viele Songs lösen so etwas wie ein Heimatgefühl bei mir aus. Doch an den Orten, die einmal Heimat waren und vielleicht noch sind, fühle ich mich immer häufiger fremd wie ein Fremder sich nur fremd fühlen kann.

Heimat

WIE

Früher zu Hause wurde nicht viel über Heimat gesprochen. Heimat gehörte in die Welt von Schlagersendungen, Heimat- und Schützenvereinen. In den ersten fünf Lebensjahren hätte Düsseldorf meine Heimat sein können, genauer die Straßen und Häuserblöcke zwischen Polizeipräsidium, Hafen und Schwanenspiegel. Hier war ich als kleines Kind unterwegs. Ob es schön war, weiß ich nicht, es war eben da, wo wir wohnten. Doch meine Eltern wollten möglichst schnell wegziehen, die Straßen waren laut und die Wohnung eng, Grün gab es nur an Spielplätzen und sonntags auf der Rheinwiese.

Mit dem Umzug aufs Land in einen kleinen Ort sollte alles besser werden. Dieser Ort sollte jetzt die Heimat werden. Und eine der vielen Neubausiedlung hieß tatsächlich „Neue Heimat". Wir wohnten auf der anderen Seite des Ortes, aber irgendwie wohnten wir jetzt alle in der neuen Heimat. Und die Alteingessenen des Ortes wussten nun wahrscheinlich nicht mehr, ob das noch ihre Heimat war. Denn der kleine Ort wuchs und wuchs, alles änderte sich ständig. Die Post, das Rathaus und die Kirche wurden durch neue und größere ersetzt. Das Ortszentrum wurde an eine andere Stelle verlegt und neu eingeweiht. Neben der alten Schule wurden zwei neue, neben dem Bolzplatz ein Sportplatz gebaut und der Kirmesplatz wurde immer wieder an eine andere Stelle verdrängt. Die einstige Ortsmitte lag nun am Rand, und wo zuvor gar nichts war, außer Wiesen und Acker, war jetzt die Neue Mitte.

Meine eigene Heimat aus dieser Zeit bestand vor allem aus einem langen Feldweg, auf dem es nach Kamille roch und Feldlärchen sangen. Der einspurige Weg führte zum Baggerloch, wo wir die Sommer verbrachten und schwimmen lernten. Heute ist dort, wo der Feldweg war, eine Autobahn, und auf dem Baggerloch befindet sich ein Autobahnkreuz. Dieser Teil der Heimat ist schon mal weg.

Wenn andere von ihrer Heimat erzählen, versuche ich zu ergründen, wo ich Heimat spüre. Und mir kommen plötzlich Stimmen von SprecherInnen im Radio in den Sinn, bestimmte Sendungen zu bestimmten Zeiten, viel Musik, Popgruppen aus dem Radio und später live in der Region. Manchmal ist es auch nur der Verkehrsfunk mit seinen Staumeldungen und den Autobahnkreuzen, Abfahrten und Ortsnamen, in deren Nähe ich früher wohnte, die die meisten nur über den Verkehrsfunk kennen.

Und dann suche ich noch nach Besonderheiten meiner Heimat, die es sonst nirgendwo gibt. Aber es sind dann doch nur Kleinigkeiten wie überall. Orte, Plätze und Stellen, die nur etwas Besonderes sind, weil es meine Straßenbahnen, Busse, Haltestellen, Parkbänke, Schulhöfe, Sportplätze sind. Stellen, an denen ich erkenne, dass es doch Heimat war. Weil mir sofort auffällt, wie sich alles geändert hat und anders aussieht, andere Geschäfte, andere Häuser, andere Bäume, anderer Asphalt. Doch manchmal ist alles noch genauso geblieben wie vor fünfzig Jahren. Ist das dann wirkliche, echte Heimat? Vielleicht, aber meistens sind diese Stellen leider heute doch ziemlich runtergekommen.

Cargohosen

RAU

Er ist schon da, sitzt am Fenster und hat einen Cappuccino bestellt. Gut geschnittene schwarze Haare, dunkle Brille und anthrazitfarbener Pullover. Doch schon von der Tür aus sieht er älter aus als auf den Fotos. Wieder einer, der schummelt und nicht zu sich steht, denkt sie und würde am liebsten gleich auf dem Fuß kehrtmachen. Doch er hat sie schon bemerkt und lächelt sie an, etwas forsch und schüchtern zugleich. Das ist selten, und genau diese Mischung lässt sie doch zu seinem Tisch gehen. Vielleicht ist es ja sein erstes Mal.

Sie setzt sich und legt ihre Jacke ab, fühlt sich ihm gegenüber schon jetzt als Routinier, wenn auch wider Willen. Sie hatte es sich leichter vorgestellt, als sie dem Vorschlag ihrer Freundin endlich nachgegeben hat. Aber nur für sechs Monate, und du hilfst mir beim Anlegen des Profils. Hast ja schließlich mit Deinem Jörg wirklich einen Glücksgriff gemacht, dann kann ja bei mir auch nichts schief gehen, hat sie gemeint.

Es gibt so Untersuchungen, dass sich innerhalb der ersten Sekunden schon alles entscheidet, ob man sich sympathisch ist und einander näher kennenlernen möchte. Bis jetzt war es jedes Mal so, heute ist sie sich nicht sicher. Bestellt auch einen Cappuccino und lehnt sich zurück. Soll er ruhig mal anfangen, und das macht er auch. Mit ruhiger, tiefer Stimme erzählt er, dass er es heute fast nicht pünktlich geschafft hätte, weil sich noch überraschend ein Kunde gemeldet hat. Selbständiger SAP-Berater ist er, das weiß sie von seinem Profil. Und genau das hat sie eigentlich zuerst abgeschreckt, denn diese Computerwelt ist überhaupt nichts für sie.

Natürlich benutzt sie Smartphone, Tablett und Laptop, aber wie sie funktionieren, interessiert sie nicht die Bohne. Und wenn sie nicht funktionieren, bekommt sie die Krise. Doch sein Foto hat ihr gefallen, vor allem sein ruhiger, milder und leicht verschmitzter Blick, den sie jetzt in seinem Gesicht sucht. Leider vergeblich, vielleicht ist er ihm ja auch in den letzten Jahren abhandengekommen. Geschieden, zwei Kinder, aus dem gemeinsamen Haus in eine kleine Wohnung gezogen. Reist gerne und kommt leider zu selten ins Kino und Konzert. Fast das Übliche, denkt sie und überlegt, nach dem Cappuccino wieder zu gehen.

„Entschuldige bitte, der Kunde nochmal, da muss ich ran", er nestelt sein Smartphone aus der Hosentasche, steht auf und geht vor die Tür.

Sie betrachtet ihn durch die Fensterscheibe, groß und schlank ist er, durchaus attraktiv könnte man sagen, trägt dunkle Sneakers mit weißer Sohle und schwarze Cargohosen. Ist es zu fassen? Macht auf jugendlich und leger, Marke kleiner großer Junge? Oder ist er einer von diesen Outdoortypen, die am liebsten noch schnell nützliches Werkzeug in die überflüssigen Seitentaschen stecken?

Ein bisschen mehr Geschmack hätte sie schon erwartet und sucht in ihrem Portemonnaie nach einem Fünf-Euro-Schein. Noch eine Woche läuft ihr Abo, dann hat sie endlich wieder ihre Ruhe vor unliebsamen Überraschungen.

Als er zurückkommt, ist er auf einmal da. Der verschmitzte Blick von seinem Foto, während er sie fragt: „Hertha oder Union?"

„Was für eine Frage!"

„Der Kunde hat mir gerade Karten für das Spiel Union gegen die Bayern angeboten."

„Schön für dich, das letzte Mal haben sie sie sogar geschlagen", sagt sie und lächelt etwas.

„Eine Frau, die sich auskennt. Gehen wir zusammen hin?", lächelt er zurück.

Cargohosen

WIE

Wir stehen bei Heidrun und Markus im Eingang. Heute Abend soll es gemeinsam auf eine Vernissage gehen. Als auch Markus fertig ist, höre ich Heidrun genervt fragen: „Du willst doch nicht etwa mit dieser Hose auf eine Vernissage gehen?" Markus kommt gerade die Treppe herunter, er trägt eine dunkelgrüne Cargohose, jene weit geschnitten Hosen mit großen Taschen auf den Oberschenkeln.

„Warum nicht? Cargohosen sind mittlerweile gesellschaftsfähig", lautet seine Antwort, „und außerdem sind sie praktisch, auch an Abenden wie diesen, Handy, Schlüssel, Hundeleckerli, alles lässt sich dort verstauen."

„Äußerst praktisch ist aber kein Argument", entgegnet Heidrun, „dann könnten wir alle in Bademänteln rumlaufen, die sind auch äußerst praktisch, für drinnen wie für draußen."

Ich überlege kurz, ob das Argument praktisch wirklich zählt, zumal Heidrun uns gerade zuflüstert: „Und mir schlägt er immer wieder vor, doch die Schuhe mit den hohen Absätzen anzuziehen. Und wenn ich dann sage, die sind aber unpraktisch, antwortet er, die sind aber sehr schick."

Markus sieht sich noch einmal im Spiegel an, dreht und wendet sich und scheint weiterhin Gefallen an seinem Outfit zu finden.

Doch Heidrun argumentiert weiter: „Wenn ein Starkstromelektriker so eine Hose trägt,

bevor er auf den Hochspannungsmast klettert, weil er dort alles Wichtige unterbringt um die Hände frei zu haben, dann verstehe ich, dass er so eine Hose anhat."

Im letzten Urlaub mit dem Rad hatte ich auch eine Cargohose an. Sehr praktisch, Fahrradlichter, Sonnenbrille, Handy, Portemonnaie und Flickzeug lässt sich dort unterbringen, denke ich, sage aber nichts.

„Aber muss man wirklich auf einem Galerienbummel mit so großen Taschen auf den Oberschenkeln rumlaufen, wo alles so rumbaumelt, als hätte man volle Windeln?", fragt Heidrun weiter.

Jetzt schalte ich mich doch mal ein, ohne zu wissen, worauf es hinauslaufen wird: „Vieles äußerst Erfolgreiche in der Mode hat anfangs nicht wirklich schick ausgesehen. Und was ursprünglich nur praktisch gedacht war, hat dann doch zu Weltruhm gefunden. Zum Beispiel

Baseballkappen, nur für LKW-Fahrer auf den Highways konstruiert. Oder Bluejeans, robuste Arbeitshosen ohne Bundfalten, stattdessen mit Nieten an allen wichtigen Stellen. Oder schau dir die aktuelle Schuhmode der Frauen an, die die Ausmaße von Fallschirmspringerstiefeln haben."

„Da muss ich dir recht geben, die finde ich auch unförmig", meint Heidrun, „ich frage mich immer, ob immer mehr Frauen zum Nebenerwerb als Wildhüter oder beim Tiefbauamt arbeiten müssen."

„Ich kann aber Frauen auch verstehen, die gerne diese stabilen Schuhe tragen, statt nur in Pumps rumzulaufen. Andererseits weiß ich nicht, warum Männer mittlerweile diese hoch geschnürten Schuhe tragen, dann aber mit offenen Schnürsenkeln," wende ich ein, ohne genau zu wissen, worauf ich eigentlich hinauswill.

„Beuys trug übrigens auch immer seine Anglerweste mit großen Taschen zum weißen Hemd", lautet der letzte Versuch von Markus, sich und seine Hosen zu rechtfertigen.

„Nicht jeder Mensch ist ein Künstler", zitiert Heidrun den großen Meister, wenn auch in leicht abgeänderter Form, "können wir jetzt gehen?"

„Warte, ich zieh noch schnell was anderes an", lenkt Markus ein.

„Jetzt lass, wir kommen sonst zu spät."

Ab und zu ein bisschen

RAU

Nass geschwitzt wacht er auf und sieht auf die Uhr. Zwei Uhr zehn. Wirft die Decke zurück und schiebt sich in die Küche, öffnet den Kühlschrank und will zur geöffneten Weinflasche greifen. Doch da ist sie wieder, die Stimme aus dem Traum.

Bier, Wein, Schnaps, Zigaretten, Schokoladen, Spiele, Pornos, schnelles Fahren, ist doch alles nicht so schlimm?
So ist's, genau.
Alles Verlockende, alles Geheimnisvolle zieht dich an?
Na klar.
Ich sag's nur dir.
Ah hör' auf, natürlich immer nur ein bisschen.
Natürlich, nur ab und zu ein bisschen.
Genau.
Das sagen alle.
Habe alles im Griff, wäre ja gelacht.

Bier, Wein, Schnaps, Zigaretten, Schokoladen, Spiele, Pornos, schnelles Fahren, ist doch alles nicht so schlimm? Oder doch auf Messers Schneide leben?
Du wieder.

Nur ein bisschen, oder doch mehr oder gar alles?
Was dagegen? Das ist's doch, was Spaß macht.
Insolvenzen, Krankheiten, Tod gar inbegriffen?
Hör' auf, es ist doch nur ab und an ein bisschen.
Denkst du. Wirst aber vielleicht einfach Pech haben?
Nun mal' mal nicht gleich den Teufel an die Wand.
Alles Verbotene, alles Verlockende zieht dich an?
Ab und zu ein bisschen, das ist gut, das brauche ich.
Immer weiter auf Kante?
Wäre ja sonst langweilig.

Bier, Wein, Schnaps, Zigaretten, Schokolade, Spiele, Pornos, schnelles Fahren, alles kein Problem, ist doch nicht so schlimm. Ich schaffe das, denken alle.
Genau, so einer bin ich, ganz klar.
Ich wollte es nur gesagt haben.
Ich kriege das hin, wäre ja gelacht, und nun verschwinde.

Da steht sie, die gut gekühlte Weinflasche, und schon greift er sie sich. Nimmt sich ein Glas, und mit dem ersten Schluck hört er endlich nur noch die Stille nachts um viertel nach zwei.

Ab und zu ein bisschen

WIE

„Mein Gott, wie lange haben wir es nicht mehr richtig knallen lassen", Günther leert sein halb volles Weizenbierglas in einem Zug.

"Ist nun mal gar nicht mehr angesagt, so richtig über die Stränge zu schlagen. Unser Lebensstil wird jetzt mehr von der Apothekenrundschau bestimmt als vom Anarcho-Weltgefühl der einstigen Studienjahre", sage ich.

Günther stellt das leere Glas zurück auf seinen Bierdeckel. „Apothekenrundschau, stimmt, eine einzige Seniorenrundschau mit allen Problemen des täglichen Lebens: taube Füße, Gedächtnisschwäche, Blähungen, nachlassende Libido, Gelenkschmerzen, Inkontinenz ...".

„Dazu auch alles, was gesund macht: Bandagen, Einlagen, Prothesen, Mineralstoffe und Treppenlift. Und immer viel Trinken nicht vergessen."

„Machen wir doch", grinst Günther und winkt mit dem leeren Glas der Kellnerin hinter dem Tresen zu, während ich nur kurz auf meine Uhr schaue. „Du willst doch jetzt nicht schon schlapp machen?", fragt er.

„Man wird doch noch auf die Uhr schauen dürfen."

„Ich hatte nur Sorge, du willst mir signalisieren, es sei schon spät."

„Ich weiß, so jung kommen wir nie mehr zusammen, willst du jetzt sagen", werfe ich ein, „aber so alt können wir uns ja noch öfters treffen."

Wir schweigen uns eine Zeit lang an, in der Kneipe wird es nun immer lauter, eine Gruppe Studienanfänger hat Platz genommen. Semesterbeginn, es finden die üblichen Kneipenerkundungen statt. Trinken auf Werbegutscheine mit Rabatt. In diesem Falle sind die Männer eher in der Unterzahl. Alle sehr gut gekleidet, geordnetes Aussehen. Dazu scheint sie nicht recht zu passen, ihre Ausgelassenheit. Wir tippen beide auf BWL-Studierende, typisches Vorurteil aus alten Zeiten. Die Kellnerin hat jetzt viel zu tun, erst eine Runde Rhabarberschnaps für den ganzen Tisch und dann eine Runde Pils.

„Die lassen es ja ganz schön knallen", sage ich dann.

„Ja, aber auch nur heute. Die junge Generation schlägt doch nur noch ab und zu über die Stränge. Und das geschieht dann kollektiv organisiert, da musst du mitmachen und durch, so eine Art Mutprobe. Danach geht es wieder nüchtern und normal weiter."

„Also eher so ein Ab und zu ein bisschen", sage ich.

„Anders als bei uns damals, das war oft und immer ein bisschen zu viel."

Ich beobachte Günther, wie er auf die Uhr schaut. „Du willst doch nicht schon schlapp machen?", frage ich.

„Du, ich glaube, die Kellnerin hat mein Weizenbier vergessen. Das Ab und zu ein bisschen wird mir gerade auch schon zu viel. Und dieser Lautstärkepegel ist nichts für mich in meinem Alter."

Wir zahlen unsere Biere und atmen erleichtert auf, als wir draußen auf der Straße stehen.

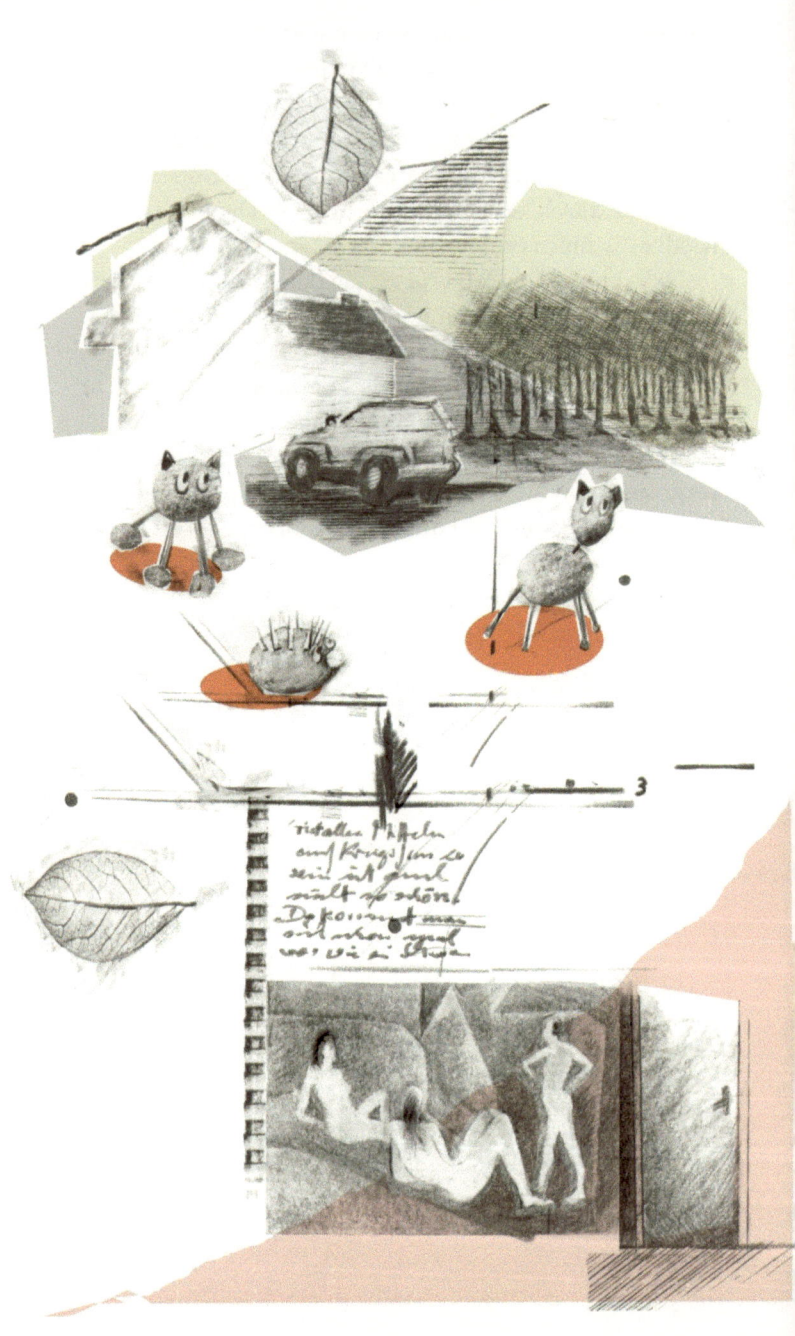

3

Ich? Niemals!

RAU

Wieder mal ein Abend mit ihrer Schwester, nur alle zwei, drei Monate schaffen sie das, obwohl sie in derselben Stadt wohnen. Essen bei einem kleinen Spanier und Reden über Dies und Das, über Job, Männer und Kinder. Für Politik reicht meist die Zeit nicht mehr, aber da sind sie sich eh einig.

Die blonde Ina und die dunkelhaarige Charlotte, wie Vanille-und Schokoladeneis seid ihr, hat Vater immer gesagt, meine beiden Lieblingssorten. Nur sie beide, Vanille und Schoko abends beim Spanier. Heute wirkt Ina leicht gereizt, genervt irgendwie. Mit hektischem Blick und Falten auf der Stirn.

„Alles klar", fragt Charlotte.

„Passt schon."

Also Alarmstufe eins, denkt Charlotte und sagt erstmal nichts mehr. Ihre Schwester hasst es ausgefragt zu werden, sondern möchte selber bestimmen, wann und ob sie was erzählt. So essen sie eine Weile vor sich hin und trinken vom roten Wein.

„Maries" Freund möchte mit ihr in so einen speziellen

Club, der ist gerade megaangesagt, von überall fliegen sie ein, um dorthin zu gehen. Nicht jeder kommt da wohl rein", sagt Ina dann und dreht ihr Weinglas zwischen den Fingern. Marie ist Inas jüngste Tochter, ihr Nesthäkchen nach drei Jungs, Anfang zwanzig und jobbt beim Theater.

„Ein Club zum Tanzen und mit dunklen Räumen für Sex, auch mit anderen."

„Und das erzählt sie dir?", fragt Charlotte und muss sich zwingen, nicht allzu zu überrascht zu wirken.

„Warum nicht?"

„Als Mutter die beste Freundin zu sein, du weißt, was ich davon halte", sagt Charlotte.

„Das sagst du nur, weil du mit deinen beiden Mädchen nicht so gut kannst", ist Inas Antwort, begleitet von einem leicht spöttischen Zug im Gesicht. Lange um den heißen Brei herumzureden ist noch nie ihr Ding gewesen, vor allem nicht der älteren Schwester gegenüber.

Charlotte schneidet ein Stück vom Lammfilet ab und schiebt danach ein Stück gerösteten Brokkoli in den Mund. Stellt sich laute Musik und zappelnde, zuckende Menschen in schummrigen Räumen vor, dann nackte junge Körper ineinander verflochten, über- und untereinander, im Rhythmus der Musik in vollkommener Dunkelheit.

„Wird sie mitgehen, in diesen Club?", fragt sie dann.

„Weiß nicht."

„Und Du? Wärest du früher mitgegangen?", fragt sie weiter.

„Ich? Niemals! Und Jörg hätte so was auch nie gewollt", sagt Ina einigermaßen entrüstet und legt das Besteck ab, nimmt einen Schluck Wein und sieht durch ihre Schwester hindurch.

Seit fast dreißig Jahren ist sie mit diesem elendigen Rechthaber und Dauernörgler verheiratet, wie sie das aushält, ist Charlotte ein Rätsel.

„Sicher?", hakt sie nach.

„Du wieder, immer deine Spitzen gegen ihn. Ich kann sie nicht mehr hören. Dein Konrad würde gar nicht wissen, dass es so etwas überhaupt gibt, und zum Glück gab es das zu unserer Zeit ja auch nicht."

Da hast du recht, denkt Charlotte, das mit Konrad, und dass es so etwas früher nicht gab. Obwohl, vor Konrad gab es David in ihrem Leben, das ein ziemlich anderes war als das mit Konrad. David hätte von so einem Club gewusst und sie vielleicht auch gefragt mit zu kommen. Und ja, neugierig ist sie immer gewesen. Und auf einmal weiß sie nicht mehr so recht, wie sie das jetzt alles wirklich findet, das mit Marie und dem Club, mit David und Konrad und ihr.

„Noch einen Wein?", fragt sie dann, um nicht weiter zu grübeln.

Ich? Niemals!

WIE

Noch schnell die Terrassenstühle zurechtgerückt, ein paar Gläser, Servietten drapiert, da höre ich schon ein Auto auf dem Kies der Garageneinfahrt. Dem Geräusch nach ist es ein schwerer Wagen. Jutta kann es nicht sein, die fährt einen Kleinwagen, denke ich. Durch die Scheibe der Haustür sehe ich ein großes schwarzes Etwas. Als ich die Tür öffne, rutscht mir nur ein „Hä?" über die Lippen, denn Jutta steht vor mir, hinter ihr ein riesiger SUV, Ausführung XXL. So einer mit einer fünf oder sieben hinter dem Markenbuchstaben. Mit zwei gefüllten Papiertüten im Arm hüpft sie an mir vorbei.

Auf dem Weg zur Terrasse frage ich: „Ist das deiner?"

„Ja, was dagegen?"

„Ein SUV, hör mal ..."

„Nicht irgendein SUV, sondern ein Siebener, aber E, bitte schön."

„Ich habe dich immer für eine überzeugte Kleinwagenfahrerin gehalten."

„Da siehst du mal, wie man sich täuschen kann."

„Hast du nicht erst letztens auf der Geburtstagsfeier bei Rita groß verkündet: SUV? Ich? Niemals!"

„Niemals habe ich bestimmt nicht gesagt, ich sage nämlich niemals niemals."

„Ach, das wüsste ich aber", will ich einwenden, führe aber das Gespräch lieber ganz normal weiter. „Seit wann hast du den denn? Schicke Farbe. Bist du zufrieden damit? Vor allem wie fährt es sich mit so einem E-SUV?"

„Du, das ist total easy und angenehm. Wann ich immer ich in mein neues Auto steige, selbst wenn es nur um eine kurze Strecke geht, denke ich, ich brauch kein schlechtes Gewissen zu haben."

„Das ist ja Klasse", sage ich und wiederhole leise für mich, „auch wenn ich nur eine kurze Strecke fahre, also quasi Fahrradstrecke."

„Du, ich habe jetzt für mich das Waldbaden entdeckt. Hast du das schon mal probiert?", fragt Jutta nach einer Weile.

„Nein", entgegne ich kategorisch, „oder sag mir, was

ist der Unterschied zwischen Spazierengehen und Waldbaden?"

„Auf jeden Fall braucht man dafür richtigen Wald,
nicht nur so ein Wäldchen am Stadtrand. Naturbelasse-
nen Wald, so richtiger Wildwald. So was gibt es ja bei uns
gar nicht mehr, alles überzüchtet und überkultiviert."

„Wildwald, eine interessante Wortschöpfung, wie
auch Wildpreiselbeere, Wildgulasch oder Wildleder.
Und dafür kaufst du dir erstmals einen SUV?"

„Ja, denn die Parkplätze in solchen Wildwäldern sind
nicht mit Asphalt zugepflastert. Manchmal gibt es sogar
gar keine Parkplätze, und dann musst du wild parken.
Stell dir mal vor, ich bleibe da mit meinem Auto stecken,
so gegen Abend, wenn es bereits dämmert."

„Das wäre fatal" antworte ich verständnisvoll.

Aber da klingelt es bereits wieder. Es sind Rita und
Jörg. Dass Sie sich letztes Jahr einen SUV gekauft haben,
weiß ich bereits. Und auch, dass sie das Sammeln von
Wildpilzen als Hobby für sich neu entdeckt haben. Noch
während sie sich mit der Holzkiste Biogemüse an mir
vorbeidrücken, äußere ich ziemlich spontan: „Ich habe
mir übrigens überlegt, auch einen SUV anzuschaffen."

„Du? Hast du nicht erst neulich behauptet SUV? Ich?
Niemals!"

„Ja schon, aber jetzt wo die Enkel öfters zu Besuch
kommen, wollte ich mit ihnen Kastanienfigürchen basteln, so mit Streichhölzern und allem Drum und Dran.
Und da brauchen wir auch echtes Moos. Und da dachte
ich, Kastanien und Moos, die sind oft nur an recht unzu-
gänglichen Stellen zu finden, da wäre so ein SUV nicht
verkehrt."

Pfiffe

RAU

Was war das denn? Hat sie richtig gehört? Ein Pfiff, genausgenommen mehrere kurze Pfiffe hintereinander, fast melodiös. Lisa dreht sich um, und der Schornsteinfeger auf dem Bürgersteig macht dasselbe.

„Entschuldigung, ist mir einfach so rausgerutscht", ruft er ihr zu, „macht man ja eigentlich nicht, aber irgendwie musste es sein. Sie sehen so gut aus in dem Kleid, eine reinste Wonne für die Augen. Und anders konnte ich es ihnen auf die Schnelle nicht sagen, entschuldigen sie bitte."

„Ist schon in Ordnung", sagt sie und bleibt stehen.

Der junge Mann in den schwarzen Arbeitskleidern steht nun ein wenig unsicher da, sie kann sich nicht erinnern, schon einmal mit einem Schornsteinfeger zu tun gehabt geschweige denn geredet zu haben.

„Früher haben Männer das ja häufig gemacht", schiebt er nach und kommt einen Schritt näher, „auch wenn ich als Junge mit meiner Mutter zum Einkaufen gegangen bin. Ich fand das immer sehr komisch, mochte es nicht."

„Und meine Mutter hat mir oft erzählt, dass ihr früher die Männer hinterher gepfiffen hätten, als sie ein junges

Mädchen gewesen ist und den Fotos nach zu urteilen ein sehr hübsches dazu. Und es ihr auch gefallen hat, obwohl sich das für feine Mädchen eigentlich so gar nicht gehört hat. Warte es ab, bis du soweit bist, hat sie immer gesagt. Und so habe ich gehofft, es auch bald zu erleben, aber ich musste noch lange warten, denn ich war damals erst fünf oder sechs Jahre alt. Bis heute musste ich warten, bis gerade eben. Als sie gepfiffen haben, es war mein erstes Mal, danke."

„Da nicht für, ist mir einfach so rausgerutscht", sagt er und nestelt nun an seinem Werkzeug rum, „macht man ja eigentlich wirklich nicht, ist so blöd männlich."

„Billige Anmache, so in der Art?"

Er nickt und wird sogar leicht rot im Gesicht.

„Pfiffe hört man heute wirklich selten, eigentlich nur noch von Hundebesitzern. Weiß gar nicht, ob ich das noch kann, mache ja heute alles mit meinem Handy", sagt sie.

„Und im Fußballstadion wird auch gepfiffen", meint er.

„Stimmt", antwortet sie, „aber da kriegen mich keine zehn Pferde rein."

„Mich auch nicht."

„In der Schule haben die Sportlehrer auch ständig gepfiffen, und das habe ich überhaupt nicht gemocht, immer zack, zack, zack, schneller, schneller, schneller, immer auf Tempo", fällt ihr ein.

„Meine waren die reinsten Sadisten, Sportunterricht habe ich nicht ausstehen können", meint er.

„Trotzdem sind sie Schornsteinfeger geworden? Ich meine, da müssen sie doch hoch oben auf den Dächern rumturnen …".

Nun lacht er. „Das kriege ich noch hin und genieße dabei auch die tollen Aussichten."

„Mittlerweile gibt es sicherlich auch viele Frauen in ihrem Beruf. Ob die wohl einem hübschen Mann hinterher pfeifen?", fragt Lisa, „na dann, ich muss jetzt los, und danke für das nette Gespräch. Wird sicherlich ein guter Tag werden, nachdem ich ihnen begegnet bin. So haben sie es uns doch früher als Kindern erzählt."

„Das ist das Gute an meinem Job, alle begegnen einem freundlich. Schönen Tag noch für sie", sagt er und geht zum Hauseingang.

Sie sieht ihm nach und formt ihre Lippen, atmet tief ein und dann wieder aus zu einem kurzen Pfiff. Es klappt, er dreht sich zu ihr um, hebt seinen freien Daumen hoch und lacht.

Pfiffe

WIE

Man muss sie mögen,
grell, hell, spitz und scharf,
wenn sie die Luft zerschneiden,
in die Ohren treiben,
alles niederschmettern.
Pfiffe, zwischen Fingern und Zungen,
aus Trillern und Pfeifen,
aus Hörnern und Flöten,
alles andere überbieten.

Statt Rede und Wort
vor allem im Sport,

auf dem Platz, der Halle und dem Hof,
wo Schiedsrichter oder Trainer dann pfeift.
Der Pfiff, der alles in Bewegung setzt,
den Start bestimmt,
der den Takt vorgibt,
der alles und jeden vereint,
der jeden Ausreißer verneint.

Genauso wie der Pfiff,
der alles unterbricht,
alle zum Erliegen bringt,
das Schweigen der Streitenden erzwingt.
So wie auf Straßen und Plätzen,
bei Streikenden und Demonstranten,
deren Pfiffe Wut zum Ausdruck bringt,
die Worte des Redners überstimmt.
Pfiffe, in denen der ganze Frust mitschwingt,
selbst wer sie nur aus Ferne vernimmt,
bekommt es zu spüren:
hier wird attackiert, polemisiert.
Pfiffe, wie man sie kennt.

Und doch,
gleich daneben oder auch danach,
im Konzertsaal, der Oper, dem Theater,
wenn der letzte Ton verklingt,
der Vorhang fällt,
der Applaus im Saale bebt,
dann sollen Pfiffe das Gegenteil verbreiten,
Entzücken, Begeisterung und Wohlgefallen begleiten.

Ach Pfiffe,
höre ich jemanden sagen,
da denk ich gleich an fröhliches Pfeifen,

Waldesruh und Wiesenglück,
was die Seele entzückt,
an Vogelstimmen,
die zum Tagesbeginn erklingen.

Ja, so kann es gehen,
kommt immer drauf an,
wie wir die Pfiffe so sehen.

Neulich vor drei Jahren

RAU

„Hörst Du eigentlich selber, was du sagst?", fragt Konrad einigermaßen verwundert. Sie sitzen vor dem aufgeräumten Schachbrett, Wolf hat beide Partien ziemlich schnell gewonnen, und nun genießen sie ihren Cognac. Jeden ersten Mittwoch im Monat treffen sie sich in Wolfs Dachgeschosswohnung, seit über zehn Jahren schon, aber so einen Blödsinn wie gerade eben hat sein Freund noch nie von sich gegeben.

„Wieso?", meint Wolf lächelnd, ich bin weder betrunken noch bekifft oder sonst wie."

„Klingt aber so, als wärest Du nicht ganz dicht", meint Konrad.

„Ich weiß ziemlich genau, was ich gesagt habe. Aber das Ganze war damals einfach so heftig, als wäre es gestern gewesen", sagt Wolf und nimmt einen weiteren Schluck, „ich meine, ich habe es Babsi damals natürlich nicht erzählt, aber die Begegnung mit dieser Frau, dieser Kollegin aus Hamburg auf der Tagung, die hat mich regelrecht umgehauen. Wie davor und seither nie wieder etwas, obwohl das mit Katja jetzt schon sehr in dieselbe Richtung geht."

„Und deshalb meinst Du, dass in Hamburg damals

wäre erst neulich gewesen? Was hatte sie denn so Besonderes, diese Kollegin?"

„Vielleicht, ich meine, ich war mit Babsi immer sehr glücklich, aber diese Frau aus Hamburg hatte eine Intensität und Ausstrahlung, eine freundliche Offenheit und Präsenz, und gleichzeitig auch irgendetwas Geheimnisvolles, dass ich mich fast vergessen hätte."

„Und was an Katja erinnert dich an sie? Irgendetwas muss es ja sein, sonst käme dir die Begegnung mit der Hamburgerin dir ja nicht wie etwas vor, was erst neulich passiert ist. Was sagtest Du, drei Jahre ist es her?"

„Im Sommer vor drei Jahren, Babsi ging es schon ziemlich schlecht. Natürlich erinnert mich Katja auch rein äußerlich an die Hamburgerin, derselbe Typ Frau, schmal und zierlich, und dasselbe Parfum. Auch vom Alter her, beide fast zwanzig Jahre jünger", er streift mit den Fingern durch seine Haare und sieht ihn an, „ich weiß immer noch nicht, ob ich mich darauf einlassen soll, auf Katja meine ich."

„Und bist Du mit ihr ins Bett damals, mit der Kollegin?"

„Du wieder, nein, bin ich nicht. Aber wenn die Tagung noch einen Tag länger gedauert hätte, dann hätte ich wohl … ich habe es Babsi nie erzählt, niemandem habe ich davon erzählt, bis heute nicht."

„Seine Geheimnisse macht man auch besser mit sich selber aus, finde ich."

„Du redest wie ein abgezockter Profi, dabei dachte ich immer, du bist Charlotte treu", sagt Wolf und sieht ihn fragend an.

„Ich rede von früher, mein Lieber, von der Zeit vor Charlotte", antwortet Konrad und nimmt einen Schluck. Der Cognac ist vorzüglich, davon versteht sein Freund wirklich was. „Damals kannten wir beide uns noch nicht, und Du hättest auch nicht mit mir befreundet sein wollen, glaube mir. Ich hatte keinen Plan fürs Leben, keine Kohle, dafür viele Frauen und aberwitzig viele tolle Stunden und Erlebnisse. Jetzt habe ich eine wunderbare Frau und drei Kinder, die mir leider immer fremder werden."

„Weiß Charlotte davon? Von Früher?"

„Nur grob, das wäre ihr dann doch zu heftig."

„Und?" Wolf sieht ihn erwartungsvoll an.

„Wie und?"

„Irgendwelche Erinnerungen, Sehnsüchte an damals?", fragt Wolf.

Doch Konrad schweigt und hört eine Weile in sich hinein. Damals vor dreißig Jahren war nicht alles wirr und schlecht, denkt er, grinst und hebt sein Glas. „Lass uns mal anstoßen, auf mein Neulich vor dreißig Jahren und auf deines vor drei, Prost mein Lieber."

Neulich vor drei Jahren

WIE

Immer wieder verführerisch, die wöchentlichen Angebote der Discounter, Baumärkte und Möbelhäuser, die regelmäßig ins Haus flattern und die Jahreszeiten durch entsprechende Sonderangebote begleiten. Zum Beispiel in den ersten Wochen des neuen Jahres, was soll ich da nicht alles erledigen und wieder gut machen? Alles, was ich in den letzten Wochen des alten Jahres habe schleifen lassen: zu wenig Bewegung, zu viele Kalorien, höchste

Zeit für entsprechende Gegenmaßnahmen: Fitness-geräte, Laufschuhe, Walkingstöcke und sonstige Sportausrüstungen müssen her.

Und das Thema Aufräumen steht ganz weit vorn auf der Liste der Vorsätze. Dazu werden mir Dinge angeboten, die mit dem Begriff Ordnungshilfen überschrieben sind: Platz schaffen mit Hilfe von Aktenordnern, Aktenkartons, Schubern, Deckeln, Schachteln und Zwischenfächern. Nach Wochen des schnell-mal- irgendwo-hin, stellt sich nämlich die Frage: Nicht einfach irgendwohin, sondern gezielt und wohl überlegt, platziert, sortiert, gut verstaut sollte es sein.

Doch kommt da auch schnell eine Lawine ins Rollen: Soll das Klapp-Gästebett wirklich wieder an die alte Stelle, sollen die alten Klappstühle wirklich aufgehoben werden oder waren sie nicht schon letztes Jahr überfällig? Wann ist eigentlich Sperrmüll? Was ist mit all den Sachen, die sich mit dem Begriff „alle Jubel Jahre" zusammenfassen lassen? Und sobald ich sie wieder in der Hand halte, frage ich mich, wann und wie habe ich sie das letzte Mal gebraucht? Typische „alle-Jubeljahre-Accessoires" wie Partyzelt und Bierbank, leicht verschlissenen Sitzauflagen. Und was ist erst mit all den anderen Dingen dahinter? Dem Vorgängermodell des Dachgepäckträgers, dem Dachkoffer, der zwar nicht ganz heile ist, aber doch irgendwie passt, dem alten Rollkoffer, der zwar nicht mehr rollt, aber so schön in den Kofferraum passte, den Iso-Matten, dem Campingtisch und Kocher? Abgesehen von den Eimern mit Anstrichfarbe, den Tapetenresten und Abdeckfolien: Hatte ich kurz nach der Beendigung der letzten Renovierungsaktivitäten nicht den festen Vorsatz gefasst, diese Dinge nur für eine kurze

Zeit abzustellen, weil ich mir sicher war, mit den Renovierungsarbeiten schon bald an anderer Stelle fortzu-fahren? Genauso wie ich mir nach der letzten Gartenfeier sicher war, ab jetzt wieder öfters im Garten zu feiern, mit Partyzelt und zweitem Grill eigentlich auch gar kein Problem. Aber jetzt frage ich mich, wie lange halten eigentlich Grillanzünder, wenn sie nicht ganz trocken liegen, und warum können Grillgeräte doch rosten? Vielleicht hätte ich besser doch nicht alles Fett abgeschrubbt.

Ich war mir doch so sicher, lass das eine oder andere einfach mal griffbereit stehen, statt es alles immer wieder in die letzte Reihe in Kisten zu verpacken. Doch wie lange sind diese gut gemeinten Absichten her? War es im letzten Jahr? Es kommt mir vor wie neulich? Es muss aber doch schon irgendwie länger her sein, doch schon zwei, drei Jahre? Womöglich schon vor der Zeit mit Corona. Oh weh, also doch neulich erst, vor mehr als drei Jahren.

Oder einfach schwarz?

RAU

Es ist sicherlich schon das fünfte oder sechste Kleid, das sie anprobiert. Die junge Verkäuferin ist unermüdlich mit ihren Vorschlägen, dabei waren Charlottes Vorgaben eindeutig: knielang, Ärmel über die Ellenbogen, leicht figurbetont und einfarbig. Oder auch ziemlich langweilig, denkt sie, als sie sich aus dem dunkelroten Kleid herausschält.

Konrad wollte nicht mit, das hat sie nicht gewundert, Kleidung zu kaufen ist ihm ein Gräuel. Also ist sie alleine los und steht nun schon gefühlt eine Stunde in der gar nicht mal so engen Umkleide, die sogar angenehmes Seitenlicht hat. Trotzdem. Sich halb auszuziehen und verschiedene neue Sachen anzuziehen ist fürchterlich. Aber es muss sein, sie braucht mindestens drei neue Kleider, von den Hosenanzügen, die jetzt im Job getragen werden, hat sie schon genug im Schrank. Wie sie diese Teile hasst, wie überhaupt alle Hosen, in denen sie sich eingeengt fühlt vor allem am Bauch.

„Das steht ihnen ausgezeichnet", sagt die Verkäuferin und wirkt dabei etwas erschöpft. Genauso hat sie bei den anderen davor auch schon gesprochen. Es ist schon kurz

vor halb acht Uhr, und sicherlich sehnt sie ihren Feierabend herbei. Wie Charlotte auch. Wie konnte sie nur auf
die dämliche Idee kommen, nach dem Büro noch hierher
zu fahren.? Zu warm und zu stickig ist die Luft, einfar-
bige Kleider gibt es nicht viele, dafür aber Unmengen mit
schrecklichen, kleinteiligen Mustern. Wie Kittel in den
Nachkriegsjahren sehen die aus. Also nun dunkel- oder
hellgrün, mittel- oder azurblau, dunkelrot oder rot-
orange? Mit rundem oder eckigem oder V-Ausschnitt?
Leicht ausgestellt oder anliegend?

Immer diese Entscheidungen! Warum ist Konrad
nicht da und sagt, die drei nimmst du und gut ist. Dabei
würde er sowieso zu allen ja sagen, um nur möglichst
schnell wieder aus dem Geschäft rauszukommen. Soll sie
einfach alle kaufen? Sechs Kleider? Nur weil ihr Mann
nicht da ist und sie nicht berät und sie sich nicht entscheiden kann? Ein Wahnsinn, denkt sie, weniger ist mehr
predigt sie doch immerzu.

„Oder einfach schwarz?", fragt die Verkäuferin, die
sichtlich ungeduldig wird, ihre energische Stimme verrät
sie und auch der rasche Blick zur Uhr.

Für einen Moment sieht Charlotte sie fassungslos an,
um sich dann gleich wieder zu beruhigen. Wie soll diese
junge Frau wissen, dass sie seitdem nie mehr schwarz getragen hat. Und sie wird es ihr jetzt auch nicht sagen, wie
schrecklich dieser Tag für sie gewesen ist. Natürlich nicht
nur für sie, ihre Eltern wirkten wie ausgelöscht und sind
es bis heute. Drei Jahre ist es jetzt her, dass Fritz seinem
Leben ein Ende gemacht hat, und es schmerzt immer
noch so sehr, dass er nicht mehr ist. Ihr Lieblingsbruder,
mit dem sie durch dick und dünn gegangen ist, der sie
verstanden hat wie kein anderer. Das schwarze Kleid,
das sie damals getragen hat, hat sie danach sofort in den

Altkleidercontainer geworfen genauso wie die schwarze Jacke und die schwarzen Pumps. Seither trägt sie nichts Schwarzes mehr, keinen Pullover oder Rock, keine Bluse oder Hose, nicht einmal ein T-Shirt oder BH. Sie möchte nicht mehr an den Schock und die Trauer denken, nicht mehr an die Beerdigung und auch nicht mehr daran, wie sehr ihr Fritz fehlt.

„Ich nehme das hier und die beiden grünen", sagt sie hastig und geht wieder zurück in die Umkleide. Ihre Tränen braucht die junge Verkäuferin nun wirklich nicht zu sehen.

Oder einfach schwarz?

WIE

Der alte Studienfreund Raimund ist sich treu geblieben. So jedenfalls ist mein Eindruck, nachdem wir uns nach langer Zeit wieder sehen. Schwarzes Hemd, schwarzes Jackett, schwarze Jeans, dazu das mittlerweile silbergraue Haar, immer noch zwei Finger lang über den Ohren, Nickelbrille leicht getönt, konsequent seit 1968. Auch wenn das gar nicht stimmt, 1968 waren wir gerade mal zwölf Jahre alt und zu der Zeit trugen wir alles andere als Schwarz. Aber aus heutiger Sicht passt die Farbe Schwarz zum Bild der 68-Generation mit allem was dazu gehört aus Universitäten, Theatern, Musik und Literatur. So zumindest sieht es auf den Fotos aus, was aber auch an den Schwarzweißfotografien liegt, die damals vorherrschend waren. Wir trugen zu jenen Zeiten jedenfalls eher blaue Jeans, grüne Parka, und die T-Shirts waren rot.

Aber unsere Vorbilder der damaligen Zeit trugen schwarze Brillen und schwarze Rollkragenpullover. So wie die Autoren des Existenzialismus. Und ein paar Jahre später war auch bei uns alles existenziell, wir rauchten schwarzen Krause und auch mal schwarzen Afghanen, tranken schwarzen Kaffee und sympathisierten mit Black Power. Wir fuhren aus Überzeugung schwarz mit der Bahn und sahen schwarz, was den Vietnamkrieg und den amerikanischen Imperialismus betraf.

Ich kenne Raimund nur schon seit den 80ern, und wir haben immer noch Kontakt, auch wenn er weiterhin in Berlin lebt. Nur die letzten vier Jahren war es zu keinem Treffen mehr gekommen, die Zeit mit Corona war dafür wenig hilfreich, aber jetzt sitzen wir uns in einer Kneipe endlich wieder gegenüber.

„Hast du wirklich bis heute nur schwarze Klamotten?", frage ich ihn wohl etwas unvermittelt.

„Ja, es ist das Einfachste für die Waschmaschine, und weil ich dann, wenn ich Nachschub kaufen muss, sofort weiß, was ich brauche."

Nee, ist klar, denke ich, doch wechsle dann Thema, weil es mich mehr interessiert. Schließlich hat sich vor zwei Jahren Britta von Raimund recht überraschend getrennt.

„Hast du noch mal was von Britta gehört?" frage ich vorsichtig.

„Ja, sie lebt jetzt in Südfrankreich in der Nähe ihres Yoga-Papstes auf einem Bauernhof mit Schafen."

„Vielleicht hättest du auch mal farblich was anderes probieren sollen als immer nur schwarz zu tragen", versuche ich vorsichtig das Beziehungsthema weiter aufzurollen.

„Vielleicht?" stöhnt Raimund und zerknüllt die leergerauchte R1 Schachtel.

„Keinen schwarzen Krause mehr?" frage ich.

„Nein, geht gar nicht, das Herz."

Außerdem ist Raimund ja schon lange nicht mehr in Sachen Existenzialismus unterwegs, sondern seit den Nuller Jahren in Sachen Eigentumswohnungen, vor allem in den neuen Bundesländern. Es war mehr oder weniger Zufall, dass er in dieses Geschäftsfeld rutschte, und dann lief es einfach immer so weiter. Dabei sollte es nur eine vorübergehende Lösung sein, als Startkapital, um dann einen eigenen Verlag zu gründen. Auch Britta hatte er damals als Verlagskauffrau kennengelernt, da trug sie auch nur schwarz, und alles schien bestens zusammen zu passen. Im Laufe der Jahre wurde es bei Britta dann doch bunter, was sowohl die gemeinsame Wohnungseinrichtung als auch ihren persönlichen Kleiderschrank betraf. Raimund blieb sich treu, wie er es nannte, die Sachen in seinem Kleiderschrank blieben schwarz. Leider blieb Britta ihm nicht treu, wie er erst sehr viel später bemerkte. Da war es aber auch zu spät, um auf Farben zu wechseln. Und jetzt war das Schwarz einfach nur noch praktisch, vor allem seitdem er alleine lebt und selber für seine Wäsche zuständig ist.

Eigentlich

RAU

Dirk war ein guter Freund, der mit schöner Regelmä-
ßigkeit beinahe jeden Satz genau mit diesem Wort begann. Eigentlich sollte man bei diesem schönen Wetter
rausgehen, eigentlich möchte ich einen Tanzkurs machen, eigentlich müsste man jetzt in Aktien investieren.
Immerzu begann er mit diesem Wort, dass ich schon
kurz davor war, mir die Ohren zuzuhalten, sobald er an-
fing zu reden.

„Und warum machst du es dann nicht?", fragte ich ihn
manchmal.

Doch das war wohl etwas zu direkt für seinen Geschmack, denn er zog meist nur seine Augenbrauen hoch
und meinte ziemlich schnippisch. „Du wieder."

Ja, ich stehe mit diesem Wort auf Kriegsfuß. Es ist für
mich nicht Fisch nicht Fleisch, nicht Hop oder Top und
rangiert auf der Notenskala bei einer mich ermüdenden
Vier minus. Weil es mir immer vormacht, es gäbe jetzt
noch eine ganz andere Alternative, die zudem sehr wahrscheinlich auch noch die Bessere wäre. Fragt sich nur,
warum sich mein Freund nicht gleich dafür entschieden
hat. Entscheidungsschwach sei er, meinte Charlotte und

nannte ihn, natürlich nur wenn wir unter uns waren, dein Herr Eigentlich.

Natürlich ist es nicht leicht, sich immerzu zu entscheiden. Zwanzig bis zu fünfunddreißigtausend Entscheidungen treffen wir jeden Tag, das kann einem natürlich schnell zu viel werden. Viele schlaue Ratgeber wissen Hilfe. Scheibchen-Methode, Perspektivwechsel, worst case-Analyse, 10-10-10-Methode (was denke ich in zehn Minuten, zehn Monaten, zehn Jahren darüber), Pro- und Contra-Liste, in sich Hineinhören. Kuriose Tipps gibt es auch: eine volle Harnblase kann zu besseren Entscheidungen führen, auch im Dunkeln, im Stehen, ausgeschlafen und bei guter Laune greifen wir Menschen zu klüger wirkenden Optionen.

Haben alle diese 'Damen und Herren Eigentlich' vielleicht nur Angst vor den Konsequenzen ihres Handelns? Aber lieber akzeptiere ich es doch hin und wieder Fehler zu machen, als ständig mit einem halbgaren Eigentlich nicht wirklich zu dem zu stehen, was ich tue. Wie habe ich meinen Freund denn damals wahrgenommen? Als einen irgendwie lauen Mann, der sich selten dort richtig fand, wo er war. Von dem ich im Laufe der Jahre immer weniger wusste, was er denkt und wofür er steht, und der sich jederzeit alle Türen offenhielt. Aber auch als einen Wichtigtuer, der mit seinen regelmäßigen Eigentlich-Satzanfängen immer nur betonte, dass er noch sehr viele andere Möglichkeiten hätte und wie wichtig und begehrt er doch ist.

„Ja, eigentlich wäre es prima, gemeinsam auf die Tagung zu fahren", sagte Dirk bei unserem letzten Treffen.
„Und fahren wir zusammen hin?", fragte ich ziemlich

unwirsch.

„Ich sage Dir noch Bescheid", meinte er.

Es war der letzte Satz, den ich von ihm hörte, denn er fuhr weder mit mir zur Tagung, noch tauchte er überhaupt während der drei Tage dort auf. Er hatte wohl Besseres zu tun. Pech gehabt, ohne mich, dachte ich, denn ich kann mich sehr schnell entscheiden und genoss abends an der Hotelbar meinen Whiskey Sour und die Gespräche mit meinen KollegInnen. Gemeldet habe ich mich seitdem nie mehr bei ihm.

Eigentlich

WIE

Am liebsten würde ich jeden meiner Texte mit diesem Wort beginnen: „Eigentlich sollte es ein ganz ruhiges Wochenende werden…". „Eigentlich dachten wir, alles wird gut …". „Eigentlich glaubten wir, dass es immer so weitergeht …".

Aber ich weiß natürlich, dass man Texte niemals mit dem Wort eigentlich beginnen soll. Das gehört zu den wenigen Grundsätzen, die Schreibende beachten sollten. Will man sich mal an einen Verlag wenden, um einen Text unterzubringen, sollte man mit dem Wort eigentlich jedenfalls nicht beginnen. Sonst wird man schnell mit der ersten Zeile bereits abgelehnt, bevor es mit dem Lesen überhaupt losgeht. Eigentlich zählt zu den Füllworten, die in der Alltagssprache unersetzbar sind, wie viele andere kleine Worte auch, die einfach zum Sprechen dazugehören, aber schriftlich nicht gerne gesehen werden.

Doch im Zeitalter der Selbstoptimierung und Selbstverwirklichung ist das Eigentlich ja gar nicht mehr wegzudenken:

eigentlich müsste ich viel öfters ...
eigentlich sollte ich schon längst ...
eigentlich wollte ich früher immer schon ...
eigentlich interessiere ich mich mehr für ihn ...
eigentlich bin ich eher der Typ ...

Dieses Eigentlich betrifft die Dinge im Leben, die man zu wenig oder gar nicht gemacht hat. Dieses Eigentlich soll von Selbsterkenntnis zeugen, was immer gut ist, denn Selbsterkenntnis ist der erste Schritt zur Besserung.

Es gibt aber auch Menschen, die kommen gänzlich ohne das Wort eigentlich aus. Aber da bin ich immer etwas skeptisch. Zumindest bei denjenigen, die von sich sagen, sie wohnen genau in dem Haus, von dem sie immer geträumt, mit der Frau und den Kindern, die sie sich immer erträumt, arbeiten in dem Beruf, den sie sich immer gewünscht haben, und in der Gegend, in der sie immer sein wollten. Das ist dann auch verdächtig, dieses Fehlen von Alternativen auf der ganzen Strecke.

Ich dagegen hänge eher am Wort Eigentlich. Was nicht automatisch bedeutet, dass ich im falschen Zug sitze, im falschen Beruf, in der falschen Stadt mit den falschen Menschen und viel lieber alles ganz anders machen würde. Nein, wir sollten dieses Eigentlich weniger für unser privates Dasein nutzen, als vielmehr für die großen Fragen, die anstehen:

Eigentlich haben wir schon längst gewusst, dass wir nicht nur unsere Reserven verbrennen, sondern auch noch unwiederbringlich die Welt damit aufheizen.

Eigentlich wissen wir, dass wir uns an Wohlstand und Wachstum klammen, was uns davon abhält, das zu tun, was wir tun müssten.

Eigentlich reichen die vielen kleinen neuen Öko- und Bio-Anschaffungen nicht aus, um das zu stoppen, was auf uns zurollt.

Eigentlich sind die meisten Bemühungen nur Tropfen auf den heißen Stein, der auch noch rapide heißer wird.

Eigentlich wissen wir nicht, wie wir uns mit unserem Bedürfnis nach Abwechslung, Reisen und Kultur einschränken sollen und sind froh über jeden Grund, es weiter zu machen.

Dieses Eigentlich, das die andere Sicht betrifft. Das Eigentlich, das die Umkehr des Gängigen und der eigenen Meinung verlangt. Das Eigentlich, von dem wir schon lange wissen, dass es das gibt, das Dahinter, das Weiter in näherer Zukunft. Dieses Eigentlich ist schwieriger und verlangt viel mehr, als es uns lieb ist. Aber eigentlich wissen wir nicht, warum es so schwerfällt.

Schlechte Laune

RAU

Heute Abend sind wir bei meiner Schwester und ihrem Mann zum Essen eingeladen. Wie soll das gehen? Fahrtechnisch liegen wir nur eine halbe Stunde mit dem Wagen auseinander, aber ansonsten trennen uns Welten. Deshalb sehen wir uns auch nicht so häufig.

Meine jüngere Schwester Ina ist ja in Ordnung, wir treffen uns öfter mal alleine, wäre sie nur nicht seit Jahren schon mit Jörg verheiratet. Einem sehr gut verdienenden Rechtsanwalt, einem elendigen Rechthaber und Dauernörgler. Immer weiß er nicht nur alles besser, sondern will dich auch noch stundenlang belehren. Da stößt er bei mir natürlich auf Granit. Nur meiner Schwester zuliebe halte ich meistens meinen Mund, lasse ihn schwadronieren und genieße währenddessen seine teuren Weine und Inas köstliche Schmakazien. Ein faires Tauschgeschäft, wie ich finde. Natürlich mache ich mir auch meine Gedanken, warum sie nicht schon längst diesen Mann verlassen hat, aber eine jede Ehe hat ja bekanntlich ihre Geheimnisse.

Nachdem sich Schwager Jörg, Anfang fünfzig und

recht wohlbeleibt, über unfähige Kollegen und Mitarbeiter, die schlecht arbeitende Regierung und die noch ineffektiver arbeitende Stadtverwaltung, die hohen Sprit- und Energiepreise und die vielen Obdachlosen aufgeregt hat, wechselt er zur Jammerei. Dass er jeden Tag bis zum Umfallen schuftet und nicht dafür gewürdigt wird (möchtest du das Bundesverdienstkreuz haben, habe ich ihn beim letzten Mal gefragt). Dass seine Kinder ihm vorwerfen, dass er nie da sei, dass seine leidigen Rückenschmerzen nicht besser werden, jetzt auch Schulterbeschwerden dazugekommen sind, und er oft nächtelang wach liegt. Derweil serviert Ina ihre Köstlichkeiten und schweigt. Wartet geduldig die Schimpf- und Jammertiraden ihres Gatten ab wie wir anderen Gäste auch, und wenn sich Herr Jörg leer geschimpft und ausgejammert hat, kommt man endlich zum einigermaßen gemütlichen Teil des Abends, an dem er dann nur noch mit seiner Besserwisserei nervt.

Heute aber werde ich den Besuch absagen, denn heute habe ich schlechte Laune. Habe sie schon die ganze Woche, werde sie nicht los und komme einfach nicht raus aus dem grauen Mustopf. Konrads liebe Aufmunterungen helfen nicht, die neue Tageslichtlampe auch nicht, davon brennen leider nur meine Augen, und auch keiner der üblichen Vorschläge aus dem Internet und der Apothekenumschau hilft. Spaziergänge, Musik anmachen und wild durch die Wohnung tanzen, mit Freunden zusammen kochen, warme Bäder nehmen und heiße Tees trinken, Massagen. Alles probiert, nichts hat geholfen. Solange der hell-, mittel-, dunkelgraue oder anthrazitfarbene, feucht nasse Schleier über allem liegt und die Stadt scheinbar schon vor Wochen die Sonne verkauft hat, wird auch nichts helfen. Da bin ich mir sicher.

Für heute Abend gäbe es nur eine Möglichkeit, Jörg und ich starten einen Wettkampf ums Aufregen, Jammern, Schimpfen und Besser-Wissen. Schmettern uns all das um die Ohren wie Tennisprofis ihre Bälle beim French-Open-Turnier. Ina und die anderen Gäste vergeben die Punkte. Die Vorstellung, alles dafür zu tun, um meinen Schwager heute Abend zu schlagen, erfüllt mich auf einmal mit einiger Energie. Ich werde meine Schwester Ina gleich anrufen und ihr doch für den Abend zusagen.

Schlechte Laune

WIE

Es gibt Morgen, an denen nichts stimmt, alles quer liegt und die Unvollkommenheit der Welt sich offenbart, bevor der Tag überhaupt richtig begonnen hat. Für diese schlechte Laune bin nicht ich verantwortlich, dafür gibt es triftige Gründe. Das fängt mit den ersten drei Überschriften der Zeitung an, die mir auf dem Weg vom Briefkasten in den Wäschekeller ins Auge fallen. Und wenn ich dann mit einem Stapel frischer Wäsche unter dem Arm und einem Sack Katzenstreu in der Hand auf der Treppe nach oben zuerst drei weisse Handtücher verliere und dann auch noch die Werbeeinlagen aus der Zeitung fallen, während ich mit dem Ellenbogen den Lichtschalter bedienen will, ist die schlechte Laune bereits besiegelt.

Was hilft es dann noch, beim Frühstück die Themen

aus Politik, Wirtschaft und der Region näher zu studieren, im Glauben, es sei eine leichte Ablenkung damit möglich. Die Aussichten, von denen ich lese, sind alles andere als rosig. Gravierende Straßen-, Autobahn- und Brückensanierungen für die nächsten Jahre direkt vor der Tür, Preissteigerungen, Fachkräftemangel, Überalterung der Gesellschaft und eine Generation von Grundschulkindern, die kaum noch lesen lernt.

Ich frage mich, wieso ich auf Kaffee und Marmelade auf Weizenbrötchen verzichte, stattdessen Müsli, Obst, Wasser und Tee zu mir nehme, aber die toxische Mischung der Zeitung ungefiltert in mich hineinschlinge. Glücklicherweise gibt es ja noch die Werbebeilagen, denke ich. Die werden etwas frischen Wind ins Gemüt bringen. Zum Beispiel über neue Leuchten des Baumarktes. Die versprechen mehr Helligkeit für jeden Tag, tragen regelrecht zur Erleuchtung bei. Ich merke, dass ich modernem Lichtdesign wenig abgewinnen kann, vor allem wenn LED-Technik heutzutage alles in farbiges Licht eintaucht, denn ich bin nicht der Typ für Kirmesbeleuchtung in den eigenen vier Wänden.

In der nächsten Werbebeilage einer Tierhandlung wird mir empfohlen, es meiner Katze besser gehen lassen, das freut nämlich auch den Katzenbesitzer. Darum bieten sie aufwendige Kratzbäume zum halben Preis an. Ich weiß aber, dass Katzen sich nicht gerne vorschreiben lassen, wo sie kratzen sollen und auch an Sonderangeboten wenig interessiert sind.

Eine Beilage der Polsterwelt will mir klar machen, es mit einem Sofa zu probieren, auf dem man so richtig lümmeln kann. Mit unzähligen variablen Sitz- und Liegeeinstellungen. Das soll so viel Abwechslung in die Gemütlichkeit bringen, dass man alles Elend auf der Welt schnell vergisst. Ich denke nur, auf jeden Fall darf man dabei nicht die Tageszeitung lesen, besser Zeitschriften wie Landlust oder Schöner-Wohnen.

Auch das Sortiment an Wohlfühl-Accessoires aus dem Drogeriemarkt will nicht so richtig greifen. Nackenmassagegeräte, akkugeladene Fußsohlenmassagematten, ein Keilkissen für den Alltag am Schreibtisch, alles gegen Verspannung und schlechte Haltung, die ja auch irgendwie mit schlechter Laune zusammenhängen soll. Aber bringt es das wirklich, habe ich nicht erst vor Kurzem ganz ähnliche Artikel bei mir im Keller gefunden, abgestellt und so gut wie ungebraucht?

Kurzentschlossen falte ich alles bedruckte Papier auf dem Frühstückstisch zusammen und nehme einen Kugelschreiber und kleine Zettel zur Hand. Vielleicht sollte ich über schlechte Laune im Allgemeinen und über mein Verhältnis zu Zeitungsbeilagen im Speziellen schreiben.

Entscheide du

RAU

Kurz nach meinem elften Geburtstag wurde mein Leben kompliziert, denn meine Eltern fingen immer häufiger an zu streiten. Als ich vierzehn war, wurden sie geschieden, und ich lebte bei meiner Mutter, die vor Trauer über ihre gescheiterte Liebe und an der Eifersucht auf ihre Nachfolgerin fast zerbrach. Natürlich wollte sie mir das nicht zeigen, weckte mich pünktlich in der Früh, machte mir ein leckeres Frühstück, füllte die Brotzeitdose mit feinen Sachen und fragte mich dann, was ich abends essen wolle.

„Weiß nicht", antwortete ich meist.

„Aber Du kannst es Dir aussuchen."

„Dann Spaghetti mit Tomatensauce."

Heute kann ich keine Tomatensauce mehr sehen und Nudeln esse ich auch kaum noch. Meine Mutter ist bis heute nicht über die Trennung hinweggekommen, obwohl sie jetzt schon bald zwanzig Jahre her ist, und hat auch keinen neuen Partner gefunden. Ein Jammer ist das. Sie lebt alleine in unserer alten Wohnung und führt ihr Steuerberaterbüro mit eiserner Hand wie ein General.

Die Jahre mit ihr in unserer Wohnung sind in meiner Erinnerung ein einziger langer, dunkler Film. Kaum Besuch, viele Tränen, stumme gemeinsame Fernsehabende und immer ihre Fragen. Was sollen wir essen, was am Wochenende machen, wohin in die Ferien fahren? Ich könne entscheiden, hat sie jedes Mal gemeint. Sogar dem Blumenhändler auf dem Wochenmarkt hat sie entgegnet, als sie bei ihm eine Rosmarinpflanze gekauft hat, und er meinte, sie solle sich die schönste aussuchen, dass er das machen solle. Sie habe schon genug in ihrem Leben zu entscheiden. Er schaute sie zunächst etwas verwundert an und dann mich, ich zuckte nur kurz mit den Achseln und deutete dann auf die erste Pflanze links vorne.

„Wir nehmen die da."

Ob ich nicht lieber bei meinem Vater und seiner neuen Frau leben möchte, das hat sie mich leider nie gefragt. Und als ich den Wunsch endlich einmal vorgebracht habe, einmal, nur ein einziges Mal habe ich mich das getraut, hat sie sofort zu weinen begonnen und gesagt, dass ich ihr das nicht antun könne.

Bis zu meinem Auszug einen Tag nach meinem achtzehnten Geburtstag hat mich ihre ständige Fragerei nach dem, was ich möchte, begleitet und genervt, denn schon bald habe ich kapiert, dass es nicht darum ging, mir einen Gefallen zu tun oder eine Freude zu machen. Es ging um sie. Ich sollte ihr etwas abnehmen. Immer nur ist es um sie gegangen in diesen vielen Jahren.

Deshalb zucke ich jedes Mal zusammen und werde sehr ärgerlich, wenn ich auf eine Frage oder einen Vorschlag diese Antwort bekomme: ‚Entscheide du.' Was so freundlich, liberal und partnerschaftlich daherkommt, ist in meinen Ohren jedes Mal eine Klatsche. Sorry, aber in diesem Punkt bin ich ausnahmsweise sehr empfindlich.

Entscheide du

WIE

"Du kannst entscheiden."

„Jetzt soll ich plötzlich entscheiden, seh' ich nicht ein."

„Jetzt geb' ich dir die Chance und dann willst du nicht."

„Weil ich selber sagen will, wann und wann nicht."

„Du kannst entscheiden, es ist dein Tag, es ist deine Wahl."

„Ich denke nicht dran mich drängeln zu lassen."

„Ich dachte du findest es mal schön, so ganz nach dem Gefühl, deinem Bauch, frei und unkompliziert.

„Ja, aber du hast entschieden, dass ich entscheiden soll."

„Ja, warum denn nicht?"

„Und wenn ich nicht will?"

„Ich biet´s dir nur an."

„Ich will aber nicht."

„Warum denn nicht?"

„Weil du es so sagst."

„Das macht doch nichts."

„Ja gut, ich mach's."

„Siehst du, geht doch."

„Aber beschwer´ dich nicht, wenn ich dann bestimm."

„Ich werde doch meine Meinung sagen dürfen?"

„Siehst du, das meine ich, mich entscheiden lassen, und dann sagen, was besser gewesen wäre."

„Ja gut, ich bin still, ich sag nix."

„Kein Augenrollen, kein Stöhnen und Grummeln!"

„Ich bleib neutral."

„Dann entscheid ich mal …".

„Ja und was?"

„Ich überleg ja noch."

„Jetzt mach doch mal voran."

„Jetzt dräng mich nicht."

„Man wird doch noch mal fragen dürfen."

„Und Druck will ich nicht."

„Jetzt stell dich doch nicht so an."

„Ich wusste es, ich kann das nicht."

Glück

RAU

Am Stück oder geschnitten, einmal in der Woche oder mehrmals am Tag, wie hätten Sie's denn gerne? Diese Fragen sind natürlich Unsinn. Da ist das schon besser, richtig schlau sogar: Glück ist die Kombination aus guter Gesundheit und schlechter Erinnerung. Habe ich neulich irgendwo gelesen und mir gleich gemerkt.

Glückssträhne. Glückskind. Hans im Glück. Wir alle wünschen es uns und finden es häufig dann, wenn wir nicht damit rechnen. Denn das Glück kommt oft überraschend um die Ecke, nicht selten spielt der Zufall dabei eine Rolle. Es kommt und geht und bleibt nie lange. Alle streben danach, aber den Sinn des Lebens lieber nicht danach ausrichten, denn dann fühlst du zu oft das Gegenteil und bist in allerbester Gesellschaft. Denn vom Unglück berichtet alle Welt, Zeitungen und Nachrichten sind voll davon. Ok, hier und da mal ein Glücksfall, wenn Verschüttete nach Tagen wiedergefunden werden oder jemand Wichtiges heiratet, aber das Glück ist leider viel zu selten eine Nachricht wert.

Manche aber planen das Glück, wie LäuferInnen zum

Beispiel, und wenn sie dann die Ziellinie überlaufen, werden sie von Endorphinen nur so überrollt. Überhaupt das Glückshormon! Nach dem Sport, dem Sex, der Geburt eines Kindes, einem Lottogewinn oder auch wenn wir mit lieben Menschen zusammen sind, einen Geburtstag feiern oder singen und tanzen.

Alle wollen es haben, doch es macht sich rar. Aber vielleicht auch nicht. Einfach öfter mal eine andere Brille aufsetzen und dann, ja dann taucht es viel häufiger auf, als wir denken. Am Stück oder geschnitten, kariert oder in Streifen, klein und zierlich oder überbordend, zart und blass oder in vollstem Licht. Das entscheidet jede/r für sich alleine.

Glück

WIE

Glück
bei der Parkplatzsuche,
bei der Menüauswahl und mit dem Wetter.
Glückliches Händchen
für Tiere, Pflanzen und beim Aktienkauf.
Glückliche
Hühner, Schweine und Kälbchen.
Glückliche
Gäste, Kunden und Nachbarn.
Glück
beim Einkauf, an der Kassenschlange
und beim Umtausch.

Glück
an der Kinokasse, bei der Platzwahl
und beim Film mit Happy End.
Glückliche
Ehen, Kinder und Eltern.
Junges Glück,
spätes Glück,
ewiges Glück.
Glückliche Momente,
glückliche Zeiten,
glücklich bis ans Lebensende.
Was brauche ich mehr, um glücklich zu sein?

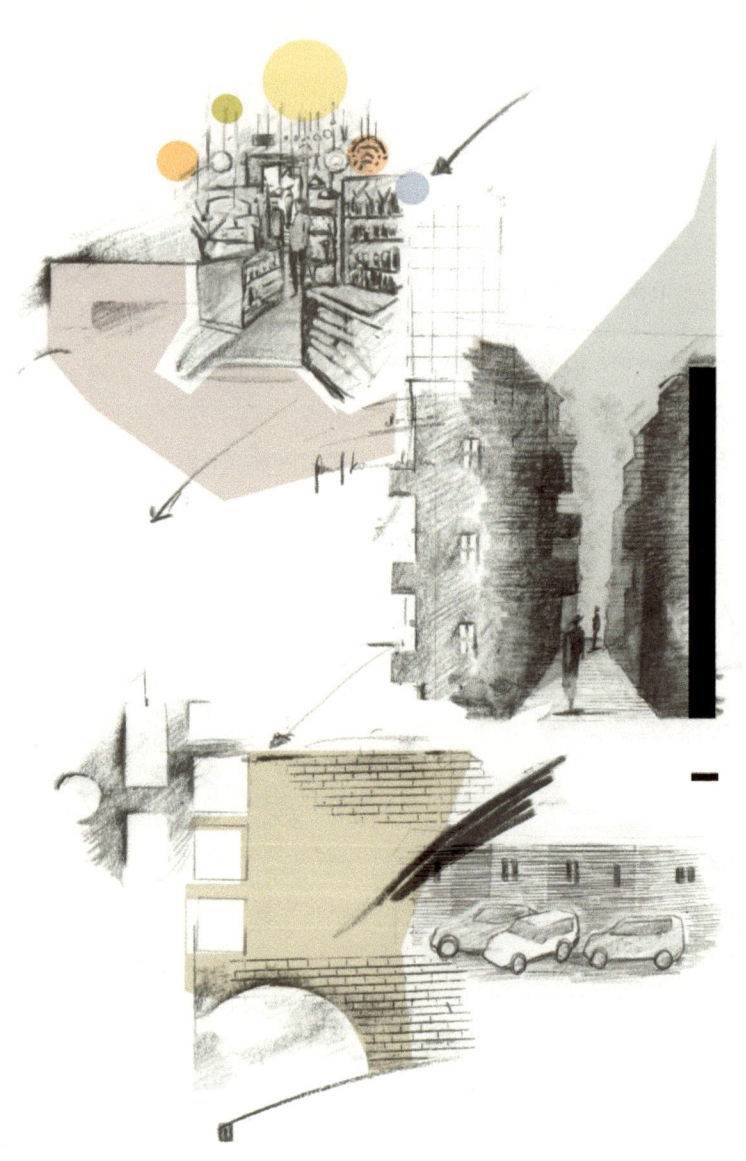

Alles viel zu eng

RAU

„Huch, was war das? Bin ich doch angestoßen? Mist. Die Lücke ist einfach zu klein, da beißt die Maus keinen Faden ab."

Schon dreimal hat sie probiert, in die Parklücke zukommen, aber es geht einfach nicht. Dabei ist es schon Viertel nach, und um halb ist der Termin bei der Ärztin, auf den Charlotte schon drei Wochen wartet. Kontrolle der Schilddrüse, da stimme etwas nicht, hat ihre Hausärztin Frau Dr. Schwarz beim letzten Mal gemeint, als sie die Schwellung am Hals entdeckt und das Blutbild gemacht hatte. Hat auch gefragt, ob sie Beschwerden beim Schlucken hätte und ein Gefühl der Enge im Hals.

„Nein", hat Charlotte geantwortet, „nicht mehr als sonst auch."

„Wie meinen sie das?"

„Naja, zurzeit ist alles irgendwie ... nicht so ganz einfach."

Frau Dr. Schwarz hat dann kurz auf den Bildschirm ihres Laptops gesehen. „Mit der Menopause sind sie durch?"

„Weiß nicht so genau. Mal denke ich, sie ist vorbei, dann geht es wieder los, heiß und kalt, diese ständige Gereiztheit."

„Stress im Job?"

„Naja, irgendwie ist ja immer Stress, unfähige Kollegen, nervige Auftraggeber, ungeduldige Chefs. Habe vor einem halben Jahr einen neuen bekommen, der zehn Jahre jünger ist und meint, er sei der absolute Oberguru."

„Ja, mit Ende dreißig meinen sie gerne, sie müssten sich den Älteren gegenüber aufspielen", meinte Frau Dr. Schwarz und lächelte erfahren.

„Nachts habe ich manchmal solche Träume …", traute sich Charlotte plötzlich weiter zu sprechen.

„Wie sehen die aus?"

„Fürchterlich, enge Gebirgsspalten, in die ich hineinfalle, oder schmale Kellertreppen, die ich hinunterstürze."

„Klingt nicht gut, klingt nach Überarbeitung und zu wenig Ruhe. Wann war ihr letzter Urlaub?"

„Letzten Sommer waren wir zwei Wochen am Meer, da schlafe ich immer gut, tief und fest, ohne einen Alptraum."

„Können sie nicht bald wieder mal …?"

„Wo denken sie hin, in sechs Wochen gilt Hop oder Top für das neue Projekt, da muss jeder ranklotzen, was das Zeug hält. Bis dahin ein mehr als eng getakteter Terminkalender, keine Chance nur für die kleinste Pause."

„Aber danach sollten sie unbedingt an sich denken", meinte Frau Dr. Schwarz mit durchdringendem Blick.

„Und wenn nicht?", fragte Charlotte.

„Tja dann kann ich für nichts garantieren."

Fast an jedes Wort des Gespräches erinnert sich Charlotte noch, während sie die Straße rauffährt, dann nach rechts abbiegt. Doch weit und breit kein freier Parkplatz. Mist, sie muss sofort in der Praxis anrufen, dass sie später kommt. Kramt mit der rechten Hand in ihrer Handtasche auf dem Beifahrersitz, wühlt und wühlt, doch findet kein Smartphone. Fühlt es dann in ihrer rechten Manteltasche, doch wegen des Sicherheitsgurtes kann sie es nicht herausziehen.

„Schiete, alles viel zu eng hier, der Wagen, die Manteltasche, die Parkplätze, die Straße, die Stadt, alles, verdammt, einfach alles ist grade viel zu eng", flucht sie und schlägt mit der Faust auf das Lenkrad.

Alles viel zu eng

WIE

Es war einer dieser Läden, den man durchaus als Krimskrams-Laden bezeichnen konnte. Nur war der Krimskrams hier nicht allein auf Tischen und Regalen sortiert, sondern hing von der Decke herab und befand sich auch in allerlei Behältern, die im Weg standen.

Aber seine Hoffnung, von den engen Gassen des sowieso schon überfüllten Touristenorts zu entfliehen und hier einen Moment der Ruhe zu finden, erwies sich schnell als Trugschluss. In diesem Geschäft mit seinen schmalen Gängen und überfüllten Tischen und Vitrinen war es noch enger als sonst. Wo war er nur gelandet? Traf irgendeine Bezeichnung wie Haushalts-, Spielzeug-, Kurz-, Schmuck- oder Schreibwarenladen zu? Er wusste nur recht schnell, dass ihn so gut wie nichts hier interessierte. Und doch stand er jetzt im Ladenstau, war gefangen, denn sobald ein Kunde irgendwo im Laden stehen blieb, mussten es alle anderen auch.

Trotzdem versuchte er innerlich ruhig zu bleiben oder irgendwo mit den Augen an einer Sache bleiben zu können. Aber auch das gelang kaum, als er zur Decke schaute, verhedderten sich seinen Augen in einem endlosen Sammelsurium aus Mobilès, Traumfängern und sonstigem Papierkram.

Er hätte nichts dagegen gehabt, wenigstens etwas Nützliches zu entdecken. Denn er ließ sich durchaus gerne mal von einer Neuerung aus der Welt der Küchenwerkzeuge oder Schreibutensilien anregen. Aber hier war nichts Praktisches zu finden, alles diente dekorativen Zwecken: bunt angemalt, verziert mit Perlen, Federn, Ketten, Schnüren und anderem Klimbim. Was vielleicht nützlich aussah, wie eine Ukulele, eine Kalebasse oder ein Abtropfsieb, erwies sich schnell doch nur als Wandverzierung. Jetzt starrte er auf kleine Tafeln mit Magneten für Kühlschranke und las die aufgedruckten Lebensweisen und Sprüche. Aber auch hier ließ sich kein roter Faden finden, Esoterisches vermischte sich mit Unsinnigem, Lebensberatendes mit Lebensfernem, Naives mit Obszönem.

Die meisten Menschen in diesem Geschäft schienen sich jedoch im Gewühle einfach rundum wohl zu fühlen. Genau diese Mischung zwischen Lagerverkauf und eigenem Wohnzimmer, zwischen Gemütlichkeit und Überfülle schien zu gefallen. Wozu auch die Bereitschaft gehört, sich der eigenen Unentschlossenheit ganz auszuliefern, sich völlig unkonzentriert von allem und jedem ablenken zu lassen. Wo die Frage „Suchst du was bestimmtes?" mit „Will nur mal schauen", beantwortet wird. Was die Durchlaufgeschwindigkeit für so ein Laden-Labyrinth natürlich noch mehr verlangsamt.

Und er war wohl der Einzige, der sich in dieser Umgebung sorgte, ständig mit irgendwelchen Sachen unfreiwillig in Berührung zu kommen. Vasen oder Behälter umzustoßen, weil er sie beim Versuch sich umzudrehen mit dem Rucksack berührte. Oder Mobilés und Traumfänger, die sich an seinem Strohhut verfangen, luftige Seidenschals, die am Klettverschluss seiner Jacke hängen bleiben und die er hinter sich herziehen würde, sobald er den Laden verlassen würde. Aber solche Phantasien schienen nur ihn zu beschäftigten. Alle anderen sprechen beim Besuch von solchen Läden erfreut von Bummeln oder Shoppen.

Sonne

RAU

Auf einmal ist sie da. Nicht draußen, wo seit Tagen schon dicke Regentropfen auf die Stadt prasseln, sondern hier in dem abgedunkelten Museumsraum scheint sie ihr direkt ins Auge.

In einem Gemälde von William Turner, ein Weg unter Bäumen entlang eines Flusses, dahinter am Horizont in leichter Unschärfe die Gebäude einer Ortschaft. Schiffe im Wasser, schemenhafte Gestalten im Schatten der Bäume, ein Tisch und ein Stuhl samt rotem Tuch seltsam fremd auf dem Rasen, frisches Grün überall und viele Schattenwürfe. Ein schwarzer Hund hat es schon auf die Mauer geschafft, während es der kleinere, weiße noch versucht. Auch er will aus dem Schatten heraus oben ins Licht. Das kommt aus dem Hintergrund des Bildes, dort thront in der Mitte die Sonne so strahlend gelb, dass sie zur Sonnenbrille greifen möchte.

Wurde sie schon einmal so geblendet von einem Sonnenlicht im Bild? Wie nur hat Turner es geschafft, das Gegenlicht so meisterlich auf die Leinwand zu bannen? Wie überhaupt ist er auf diese geniale Idee gekommen, dass sie auch zweihundert Jahre später noch die Leucht-kraft und Wärme am eigenen Körper spürt?

Wirklich oft hat sie noch nicht über die Sonne nachge-dacht, natürlich bringt sie das Licht und die Wärme, strukturiert die vierundzwanzig Stunden eines jeden Ta-ges, geht im festen Rhythmus auf und wieder unter, lässt Pflanzen wachsen und gedeihen, bringt Sonnenbrand und im schlimmsten Fall auch Hautkrebs. Meist freut sie sich über sie, denn alles dort draußen und tief in ihr drin-nen beginnt dann zu leuchten. In den vergangenen Som-mern allerdings schien sie wochenlang schier unaufhör-lich, dass sie schon morgens die Vorhänge zuzog, um nicht vor Hitze zu zerfließen, und sich auf einmal einen trüben Himmel und sogar Regen wünschte. Und es gab auch viele Tage im Leben, an denen sie sie gar nicht se-hen wollte, auch die gab es leider.

Doch jetzt vor dem Turnerbild spürt sie die ungeheure Kraft, diese belebende Energie, die von dem gemalten runden gelben Kreis ausgeht. Überbordende Freude, die die Tage leicht werden lassen. Auch die beiden Hunde spüren sie und sind mit dabei. Fast beginnt sie zu lachen, so sehr gefallen ihr die beiden.

Die anderen Bilder der Ausstellung haben es jetzt schwer, ihre Aufmerksamkeit zu gewinnen, sie weiß, dass es nicht gerecht ist, aber geht dennoch ziemlich ei-lig, fast getrieben an ihnen vorbei. Nirgends mehr bleibt sie länger stehen, kein anderes Werk vermag sie zu fes-seln. Nach dem Rundgang geht sie sofort wieder zum Turner, um sich zu vergewissern. Hat sie womöglich nur geträumt oder etwas gesehen, was gar nicht im Bild ist? Doch alles ist wieder da: das Gegenlicht, die Freude, die unglaublich spürbare Energie. Und auch das leichte Blinzeln ihrer Augen. Alles saugt sie noch einmal ganz tief ein und geht dann leichten Schrittes hinaus in den Regen.

Sonne

„Was magst du lieber, Sonne oder Mond?"

Was für eine Frage, denke ich und muss unmittelbar an den holländischen Pudding ‚Vla' in der Literpackung denken, den es in Hellgelb als Vanille und in Dunkelbraun als Schokolade gibt. Meistens wurde in der Familie beides gemocht, also musste man zwei Liter Pudding kaufen. Mittlerweile gibt wohl auch schon eine Literpackung halb und halb.

„Was magst du lieber, Sonne oder Mond?"

Meistens steht die Sonne an erster Stelle. Wer mag schon die Sonne nicht? Der Traum von möglichst viel Sonne ist ungebrochen. Die Frage „wie war der Urlaub?" ist eigentlich die Frage „wie war das Wetter?" Und das heißt, „und hattet ihr Sonne?"

Die Sonne bleibt Favorit, auch wenn gerne über zu viel Sonne gestöhnt wird. Vor allem an extrem heißen Tagen, wenn jedes Eckchen Schatten begrüßt wird und es selbst bei Dunkelheit am Abend noch zu warm zu sein scheint.

In den Fernsehnachrichten sind an solchen Tagen zunächst spielende Kinder in Parks mit Wasseranlagen

zusehen, knapp bekleidete, Eis schleckende Menschen und anschließend Bilder von vertrockneten Böden und leeren
Flussbetten und Stauseen.

Womit die Kehrseite der Medaille der so heiß geliebten Sonne angesprochen wäre: der Klimawandel. Auch wenn nur von 1,5 Grad Erwärmung insgesamt gesprochen wird, konkret sind 42 Grad in Innenstädten nicht normal.

Und doch bleibt die Sonne das Symbol, mit dem Freizeit, Entspannung und Leichtigkeit verbunden wird. Die Sonne ist genauso positiv wie ein Smiley. Denn Sätze wie „Mensch ist das heiß", „die Sonne knallt aber ganz schön" oder „pass bloß auf, dass du keinen Sonnenbrand kriegst" sind auf Fotos nicht zu sehen.

Darum funktionieren Fotos mit Sonne immer gut. Letztens habe ich Fotos vom Nordseestrand mit blauem Himmel und Sonne verschickt. Es war April und, was man auf den Fotos nicht sehen konnte, nur 5 Grad bei eiskaltem Wind. Auf den Fotos war es gefühlt 20 Grad.

Immer noch fliegen die meisten am liebsten dorthin, wo vor allem die Sonne scheint, auch wenn es zu heiß ist. Dann holt man sich Abkühlung am Pool, an der Bar oder auf dem Hotelzimmer aus der Steckdose. Und wenn es mal nicht so klappt mit der Sonne, dann gibt es ja immer noch die Filter bei der Nachbearbeitung der Fotos. Etwas Sonnengelb lässt sich da bei sonst eher seichten Farben nachträglich noch leicht hinzufügen.

Aber vielleicht werden in hundert Jahren die Bilder

einer strahlenden Sonne nicht mehr das verkörpern, wie wir es heute kennen. Da könnte dann der bescheidene Mond wieder an Bedeutung gewinnen. Er trägt die Schattenseiten seines Daseins selber. Doch ist er, seitdem Menschen auf ihm gelandet sind, an Profanität kaum noch zu überbieten. Die Kraft und Mythologie, die er einst mal besaß, haben sich verflüchtigt. Ich glaube, der Mond wird da doch etwas unterschätzt.

Ich hab's gewusst

RAU

Komm Balu, gehen wir in den Garten. Nur schnell raus hier, ich kriege keine Luft mehr. Jetzt werfe ich den Ball erstmal ganz weit fort, und du holst ihn schnell wieder, abgemacht?

Findest du die alte Oma auch so anstrengend? Zum Glück kommt sie nicht so oft wie die junge. Die ist nämlich richtig doll lieb, spielt mit mir und geht lange mit Dir spazieren, wenn ich in der Schule bin. Lecker kochen kann sie auch, alles schmeckt mir, wirklich alles. Und den Opa, den habe ich auch lieb, denn der kann ganz tolle Sachen basteln, neulich erst ein großes Vogelhaus. Gitarre spielt er auch und singt dazu, immer irgendwas Englisches, und die liebe, junge Oma und ich tanzen dazu. Jeden Donnerstag kommen die beiden, und das ist mein absoluter Lieblingstag. Deiner auch? Komm Balu, lass uns durchs Törchen gehen und ein bisschen durchs Viertel streifen, im kleinen Park kannst du dann toben.

Erwachsene sind so verschieden, ich fasse es nicht. Die junge Oma ist lieb, riecht gut und sagt zu fast allen Vorschlägen „Alles klar."

„Wollen wir heute schwimmen gehen, Oma?"
„Alles klar, Noah."

Die andere Oma, die alte, die zum Glück nicht so oft kommt, sagt zu Allem immer nur: „Ich hab's gewusst."
Wie krass ist das denn. Ob ich nun ausnahmsweise mal eine zwei in Deutsch mit nach Hause bringe, wie neulich erst, dann sagt sie nur: „Ach Noah, ich hab's gewusst, dass du auch mal eine gute Note schreibst." Bringe ich wie üblich eine vier oder fünf in Mathe nach Hause, sagt sie auch: „Ich hab's gewusst."
Es ist einfach ihre Standardantwort auf alles, wenn es regnet oder die Sonne scheint, Mama Kopfschmerzen hat, die liebe Oma im Lotto gewinnt oder Papas Lieblingsfußballverein ausnahmsweise mal verliert. „Ich hab's gewusst." Natürlich immer mit ihrer leicht schrillen, viel zu hohen Stimme, die mir in den Ohren weh tut.

Als hätte sie zu allen und allem auf dieser Welt eine geheime Verbindung oder überall Spione, als würde nichts ohne ihr Wissen oder vielleicht auch Zutun passieren. Dabei kann das doch gar nicht sein, was meinst Du Balu? Mir ist sie richtig unheimlich, die alte Oma mit der schrecklichen Stimme, sie lacht auch fast nie und ist viel zu dürr. Vielleicht liegt es daran, dass sie schon lange alleine lebt. Papa sagt immer, dass der zweite Opa, also der, der zu der komischen, alten Oma gehört hat, ein ganz feiner Mensch gewesen ist. Vielleicht ist die Oma ja traurig, dass sie ihn nicht mehr hat, und deshalb so merkwürdig? Gut riechen tut sie auch nicht, und ihre langen, knöchrigen Finger finde ich richtig hässlich.

Also, wenn dir mal was passiert, Balu, was ganz ganz schlimm wäre, was sage ich da, das Allerschlimmste der

Welt wäre das, und die alte Oma dann ihren blöden
Spruch loslassen würde, würde ich sie hauen, richtig ver-
kloppen würde ich sie dafür und ihr den Mund anschließend mit Pflaster zukleben, das verspreche ich dir, großes Indianerehrenwort.

Ich hab's gewusst

WIE

1
  Ich hab's gewusst,
es wird was übrigbleiben,
ist viel zu viel zum Schluss,
und ich weiß nicht
wohin damit.
Hab trotzdem etwas mehr gemacht
vom Salat, der Sauce und auch dem Reis,
hab mehr gekauft vom Brot, vom Schwein,
vom Käs, vom Wein,
von all den guten Sachen.
Hab einfach nur gedacht,
bevor es dann nicht reicht,
und irgendwer dann denkt,
ich wär' ein Geizhals, vielleicht.

2
  Ich hab's gewusst,
es wird ganz knapp,
ich komm zu spät,
ich muss gleich hetzen.

Und trotzdem,
hab noch ganz schnell
das Hemd gewechselt,
in die App geschaut,
einen Espresso gebraut.
Hab mir gedacht,
bevor ich vor verschlossenen Türen steh'
und warten muss,
lass ich mir Zeit.

3

Ich hab's gewusst,
das find ich nie,
das geht verloren,
das vergess' ich gleich.
Hab's trotzdem mal probiert,
zwei drei Sachen
auf einmal gemacht,
spontan dazwischengeschoben
und mir nichts dabei gedacht.
Hab einfach nur gehofft,
lass mal sein,
es wird schon gehen,
was soll schon geschehen.

4

Ich hab's gewusst,
das wird bald schlimmer,
das spitzt sich zu,
und dann ist nichts wie immer.
Hab' trotzdem viele Reisen gemacht,
die Wohnung gut geheizt,
den Strom verbraucht,
das Fleisch gekocht,

dafür aber den Müll sortiert.
Hab mir einfach nur gesagt,
wenn ich auf nichts verzichte,
denn die anderen tun es auch nicht,
bin ich dann ein Bösewicht?

Tomaten weinen

RAU

Die kleine Nachricht unter ‚Panorama' liest Charlotte gleich zweimal und traut ihren Augen nicht: Wissenschaftler haben mit extrem empfindlichen Mikrophonen herausgefunden, dass Tomaten unter schlechten Lebensbedingungen mehr Geräusche von sich geben als unter guten. Wenn Bodenqualität, Nährstoffe, Licht und Feuchtigkeit nicht stimmen, werden sie also ziemlich laut.

Ist das wirklich vorstellbar? Dass wir mittlerweile in einer Welt leben, in der wir den Planeten mehr und mehr ruinieren und die Klagen der Pflanzen darüber gar nicht hören können? Welchen Lärm veranstalten sie da? Vielleicht aber auch nur in Südspanien oder in holländischen Gewächshäusern?

Charlotte schließt die Zeitung und greift erst einmal zum Wasserglas. Stellt sich sofort schreckliche Geräusche vor, schrilles Quietschen, lautes Quaken, Schluchzen, Piepen und Pfeifen, denn eine wohlklingende Symphonie wird es ja wohl nicht sein, die da zusammenkommt. Stehen wir womöglich vor einer Zukunft, in der wir eines Tages nur noch mit dicken Kopfhörern durch die Welt laufen werden, um das Getöse und Geschrei der Pflanzen nicht hören zu müssen?

Ein Gin Tonic wäre jetzt recht, aber es ist erst halb fünf, und frühestens ab fünf Uhr erlaubt sie sich manchmal einen so wie seinerzeit auch Queen Mum, die stolze einhundert und zwei Jahre alt wurde. Hat sie selber überhaupt noch eine reelle Chance, so alt zu werden?

Einigermassen beunruhigt geht sie auf den Balkon hinaus und betrachtet ihre fünfzehn Blumentöpfe, überprüft mit dem Finger die Erde, wässert nach und zupft Verblühtes ab. Nimmt sich vor, gleich morgen frischen Dünger zu kaufen. Sieht dann hinunter in den großen, begrünten Innenhof mit vielen alten Bäumen, vertrockneten Rasenflächen und etlichen Blumen- und auch ein paar Gemüsebeeten. Links an der Hauswand zieht die nette Engländerin aus dem Nebenhaus sogar Tomatenpflanzen in großen Tontöpfen hoch. Sie studiert irgendetwas Technisches und dürfte noch keine Dreißig sein, hat also noch Hoffnung für die Natur und auch für ihr Leben. So ein Unsinn, denkt sich Charlotte, nun drifte mal nicht in eine Endzeitstimmung ab, die junge Mrs. Egglestone gärtnert eben einfach gerne.

Aber stehen die Tomaten nicht viel zu sehr in der prallen Sonne und bräuchten sie nicht von oben einen Wasserschutz. Manchmal regnet es ja doch noch. Vielleicht geht es den Tomaten dort unten in dem idyllischen städtischen Hinterhof ja in Wirklichkeit ganz hundsmiserabel? Genauso wie den Kastanien und Linden, Hortensien, Salat, Gurke und Kohl? Vielleicht surren, schreien, kreischen und weinen sie alle permanent dort unten und im ganzen Land, auf dem Kontinent und dem Planeten schon ganz lange um ihr Leben und wir dummen, einfältigen und hochnäsigen Menschen hören sie nur einfach nicht?

Charlotte wird leicht schwindelig und geht wieder in das kühle Wohnzimmer. Vielleicht passen sich die Pflanzen aber auch an, versucht sie sich zu beruhigen. Hieß es nicht früher im Biologieunterricht, dass genau das die Evolution ausmacht? Einige schaffen die Veränderungen und andere eben nicht.

Und überhaupt, dann bestreichen wir unsere Pizzen eben in Zukunft mit einem anderen, veganen roten Belag und finden etwas Anderes für Suppen, Gulasch und Bolognese, beruhigt sie sich. Hätte sie nur vorhin nicht den kleinen Artikel gelesen, denkt sie und sieht auf die Uhr. 16.45 Uhr. Sorry, murmelt sie vor sich hin, aber heute brauche ich den Gin Tonic früher, sonst wird mir noch richtig schlecht.

Tomaten weinen

WIE

„Wenn ihr ein Gemüse wäret, welches wäret ihr dann?"

Die Frage kommt etwas überraschend, und nicht jeder am Tisch weiß etwas damit anzufangen, wenngleich vor ihnen auf dem Tisch als Vorspeise eine große Platte mit diversen eingelegten Gemüsen steht.

„Hä, was soll das denn?", Günter äußert sich als erster, er ist für seine unbekümmerte Offenheit bekannt, „wie soll ich die Frage verstehen?"

„Sag jetzt nicht Salatgurke oder Zucchini in Anspielung auf das eher Maskuline", warnt ihn Gabi.

„Habe ich auch nicht vor", verteidigt sich Günther.

Doch die Frage scheint nicht bei allen auf die gleiche Ratlosigkeit zu stoßen, denn schon kommen erste Vorschläge.

„Ich überlege mir gerade, welche Eigenschaften ich zum Beispiel roter Paprika zuordne, sie ist doch eher gut gelaunt, temperamentvoll, etwas eitel, ein wenig aufgetakelt."

"Genau, so ähnlich wie die Aubergine, durchaus selbstbewusst und von sich überzeugt, wenn auch weniger extrovertiert als eine Paprika."

Es kommen keine Einwände, eine gewisse Ähnlichkeit bei der Einschätzung scheint es also zu geben.

„Und wie seht ihr so den Sellerie, der ist doch auch eher introvertiert?"

„Ja, aber bei weitem nicht so sehr von sich selber überzeugt, eher so ein Naturtyp, etwas unfrisiert, ungeschminkt, mit eher gedämpften Farben bei den Klamotten."

Doch da regt sich schon Widerstand. „Was? Wenn ihr da mal nicht den Sellerie falsch einschätzt, der kann ganz schön energisch werden und wesentlich zur Geschmacksverstärkung betragen, um nicht zu sagen, die ganze Stimmung eines Essens bestimmen", meint Hartmut, der damit auch sich selber ganz gut beschrieben hat.

„Und was denkt ihr über Möhren?", fragte Gesine. Auch sie scheint mit dem Gedanken zu spielen, sich eher in der Möhre wiederzufinden. Vielleicht geht es gerade ja um so etwas wie ein Gemüse-Horoskop?

„Möhren, grundsolide, vor allem auch gesund, aber insgesamt etwas langweilig, hübsch im Aussehen, aber auch nicht der heiße Besen."

So genau wollte Gesine es vielleicht dann doch nicht wissen.

„Aber mit einem guten Olivenöl, Sesam und scharf angeröstet kann sie schon etwas Feuer entwickeln", kommt Gabi ihrer Freundin Gesine zur Hilfe.

„So kriegst du jeden Langweiler aufgepäppelt, das ist aber nicht wirklich der Verdienst der Möhre." Günther nimmt mal wieder kein Blatt vor den Mund.

„Oh weh, jetzt geht es ans Eingemachte", bemerkt Claudia, die das Fragespiel vorgeschlagen hatte.

„Ich wusste es doch, zwischen Champignons und Blattspinat liegen Welten, genauso wie zwischen Fenchel und Artischocken", meint Gabi und lässt lange den großen Löffel über die Platte kreisen, „ich hätte nicht gedacht, dass so eine Frage zu solchen Kontroversen führen kann. Ich weiß gar nicht, was ich jetzt noch nehmen soll? Vielleicht Tomaten?"

„Genau, was haltet ihr von Tomaten?", möchte Claudia wissen.

„Tomaten weinen viel", lautet spontan Gabis Antwort.

„Was, Tomaten weinen? Wie kommst du denn da drauf? Die prallen runden Dinger mit ihren roten Bäckchen?"

„Ja, Tomaten werden vollkommen falsch eingeschätzt. In ihnen verbirgt sich ein zartes, sensibles Wesen."

„Tomate? Das ist doch ein Kind von Fröhlichkeit, eher

so wie ein Kinderspielzeug." Günther ist mal wieder davon überzeugt, die richtige Einschätzung zu liefern.

Doch bei der Tomate driften die Meinungen auseinander. „Nein, ganz bestimmt nicht, Tomaten weinen viel, auch wenn man es ihnen nicht ansieht."

„Ausgerechnet Tomaten? Dieses Allerweltsgemüse, das auf jeder Party, auf jedem Buffet, jedem Salatteller zu finden ist. Abgesehen von den vielen Variationen in Dosen, Tuben und Papppackungen, geschält, hochkonzentriert, getrocknet und passiert, als Ketchup, Mark und Saft."

„Genau, vielleicht ist die Tomate deshalb der Inbegriff eines überforderten Gemüses schlechthin, immer und überall im Einsatz, und doch nur wenig gewürdigt." Die Offenheit, mit der Gabi gerade ihre eigene Lebenssituation beschreibt, löst ein gewisses Schweigen aus.

Da wird auch schon der Hauptgang serviert, eine reich garnierte Fischplatte.

Nur so

RAU

Schön langsam regt Wolf ihn auf. Nicht leicht, sich das einzugestehen, aber heute hat sein Freund wirklich einen miesen Tag, einen ziemlich miesen sogar. Was Wolf natürlich abstreiten würde, aber Konrad fällt es immer schwerer, ihm zuzuhören. Also greift er sich das Rotweinglas und dreht das feine Kristallrund langsam zwischen den Fingern hin und her, nimmt einen Schluck und sieht dann auf den Tisch, starrt nahezu wie früher in der Schule, wenn er keine Antwort wusste.

Währenddessen beschwert sich Wolf weiter über unfähige Politiker, junge Klimaaktivisten und frustrierte Ostdeutsche. Konrad aber schweigt, hat absolut keine Lust, in eines dieser Themen einzusteigen, denn dann würden sie ..., ja was? Womöglich in einen Streit geraten, und dem will er entgehen. Also sieht er an seinem Freund vorbei und betrachtet die Kastanie vor dem Fenster. Unglaublich, wie schnell sie in den letzten Tagen gelb geworden ist. Und nun schon fast die Hälfte ihrer Blätter verloren hat, vielleicht noch eine Woche, dann ist sie kahl. Dann steht unweigerlich der Winter vor der Tür mit Dunkelheit und Kälte.

Beschwert sich Wolf deshalb nun schon seit einer Viertelstunde über Alles und Jeden? Was soll er dagegenhalten? Auf die Kastanie zeigen, die gemütlichen Abende zuhause ansprechen, die Lust an leckeren Essen und Weinen? Doch in seiner Stimmung würde Wolf sowieso nicht zuhören, also nimmt Konrad noch einen Schluck Wein und hofft, dass Wolf bald leer geschimpft ist. Doch weit gefehlt, jetzt sind die Inflationszahlen, immer noch zu hohen Benzin- und Strompreise und der ganze Irrsinn mit den Heizungen dran, ganz zu schweigen von dem Kriegsirrsinn.

Konrad ist kurz davor, aufzustehen und den Freund sitzen zu lassen mit all seinem angestauten Frust. Oder was ist es sonst? Ist er seit dem schlimmen Krebstod seiner Frau vielleicht nur schon viel zu lange alleine? Ohne ebenbürtiges Gegenüber? Muss sich den Frust von der Seele reden, um nicht zu verzweifeln oder gar verrückt zu werden? Für den Verlust seiner Frau gibt es keinen Verantwortlichen, müssen deshalb alle anderen herhalten und zu Nichtsnutzen und Idioten abgestempelt werden?

Warum soll er sich das an seinem freien Abend antun? Aber einfach mal richtig dagegenhalten will er auch nicht, denn dann, ja dann müssten sie auch über den derzeitigen, ziemlich unbefriedigenden Zustand ihrer immerhin bereits über zwanzig Jahre währenden Freundschaft reden. Und er wüsste nicht, wie ehrlich er sein würde und könnte. Herrje, wäre er nur zuhause geblieben, also reibt er die Innenflächen seiner Hände an seiner Hose auf Höhe der Oberschenkel hin und her, um irgendetwas zu tun.

„Was ist los? Du sagst ja gar nichts", fragt Wolf nach

einer gefühlten Ewigkeit.

„Nichts ist los."

„Ich musste mich einfach mal leer reden, statt nur so vor mich hinzudenken wie sonst den lieben langen Tag."

"Nur so quatscht du mir also die Ohren voll, na danke auch."

"Alt werden und alleine sein ist einfach Mist, das sage ich dir. Lass uns noch rüber ins Gotthard gehen und 'ne Runde Billard spielen, was meinst du?"

Nur so

1

"Warst du beim Friseur?"

"Ja, warum fragst du?"

„Nur so", meint er ganz lapidar.

„Nein, jetzt sag schon, warum fragst du mich das?"

Doch er versteckt seinen Kopf wieder hinter der Zeitung und schweigt.

„Jetzt sag schon, warum fragst du mich das?"

„Man wird doch noch mal fragen dürfen", lautet seine Antwort, was sie noch mehr ärgert.

„Ja sicherlich darfst du mich das fragen, aber was soll die Frage genau, gefällt es dir, gefällt es dir nicht, findest du etwas nicht gut?", hakt sie nach.

„Nein, wirklich, einfach nur so", behauptet er weiterhin.

Doch sie wissen beide, dass das nicht stimmt.

2

„Womit habe ich das verdient?", fragt sie schüchtern, als der Chef ihr ein kleines Päckchen überreicht.

Nur so" lautet seine Antwort.

Doch das macht sie erst recht stutzig. Sie tut so, als versuche sie erst durch das Gewicht, dann durch Hin- und Herschütteln den Inhalt zu entschlüsseln, während sie in Wirklichkeit nur überlegt, wie sie dieses Geschenk verstehen soll.

„Nehmen Sie es, einfach nur so", beteuert er ein weiteres Mal.

Doch in ihrem Kopf wechseln bereits die wildesten Überlegungen. Sorgt sich ihr Chef vielleicht doch nur, sie könne etwas von seinen Affären wissen? Will er womöglich eine mit ihr anfangen? Oder will er sich einfach nur bedanken, weil sie so freundlich die Anrufe seiner Gattin entgegennimmt, während er froh ist, es nicht selber tun zu müssen?

„Egal", denkt sie, „ich nehme es einfach mal an, nur so."

3

Der nicht mal 30-jährige Chinese im korrekt sitzenden, leicht glänzenden hellblauen Anzug klappt den Deckel seines Notebooks zu. „Nur so", beteuert er, und der Ton, mit dem er das sagt, sagt alles. Entschieden und energisch macht es jedem am Konferenztisch deutlich, hier ist keine Frage, keine Gegenrede mehr möglich. Er braucht noch nicht mal ein „und nicht anders" hinzufügen.

Woher sprechen diese Chinesen eigentlich so gut deutsch? Woher wissen sie, wie man seinen Forderungen Nachdruck verleiht? In der Firma hatten sie tags zuvor noch überlegt, wie man dem chinesischen Großkonzern bei der Übernahme des Familienunternehmens doch noch Eingeständnisse abringen könnte. Aber danach sieht es jetzt nicht mehr aus.

4

"Ich frage sie ein letztes Mal, warum haben sie diese Tat begangen?"

„Nur so", beteuert er. Und das stimmte wirklich, er konnte nichts Weiteres dazu sagen. Es war einfach so gewesen, da hatte dieser lange Eisendraht auf dem Bürgersteig gelegen, über den er fast gestolpert wäre, da standen diese funkelnagelneuen Mercedes und glitzerten im Licht der Straßenlaternen. Da hatte er einfach das Bedürfnis verspürt, mit dem Draht in beiden Händen an ihnen vorbeizuziehen und sie allesamt mit einem dicken Kratzer zu versehen. Vielleicht wollte er einfach nur wissen, ob auch er zu so etwas in der Lage war, oder wie es sich anhört, dieses Quietschen, und was für ein Gefühl man dabeihat. Einfach nur so, wirklich was gedacht hatte er sich nicht dabei.

5

„Oder soll ich doch lieber das gelbe Tuch drüberziehen?", ruft sie aus dem Schlafzimmer.

„Schatz, ich habe dir doch bereits geraten, was du nehmen sollst. Glaube mir, nur so bist du bestens gekleidet für die Gartenparty."

„Ich weiß nicht, wenn du meinst?"

Doch dann hört er wieder Schubladen-, Kleiderbügel- und Schranktürengeklapper. Also bemüht er sich ein weiteres Mal und ruft Richtung Schlafzimmer „Glaube mir, damit siehst du hervorragend aus, ein Hingucker, ganz sicher!"

Doch sie kommt mit drei Blusen auf Kleiderbügeln in den Händen, die sie abwechselnd vor sich hält.

Streifen

RAU

Dort hinten, zwischen fast schwarzem Himmel und dunkler Wiese plötzlich der schmale Streifen gelb-orange-rot. Noch einmal schiebt sich das Abendlicht zwischen die schwarzen Flächen, bevor es endgültig Platz macht für die Nacht. Gerade eben noch war das Gewitter mit seinen taghellen Blitzen, und davor das Wetterleuchten. Lichtdramatik pur in der vergangenen Stunde, die Natur vor den Bergen hat einmal wieder alles aufgefahren, was sie liebt und fürchtet zugleich.

Noch lieber mag sie ja die Natur im hohen Norden, wenn sich die reduzierten Flächen in schmale Streifen aufeinanderlegen. Wenn sich Himmel, Meer und Sand, manchmal auch im trüben Licht, kaum noch voneinander unterscheiden oder im grellen Sonnenlicht wie mit einem Lineal gezogen scharf und deutlich voneinander getrennt gemeinsam leuchten.

Die Natur hat alles bereit, und wir kupfern das nach, was uns gefällt. Streifen auf Kleidern, Blusen, Schürzen, Kissen, Decken und Bettwäschen, auf Tapeten, Teppichen und Fußabtretern. Trägt sie deshalb so gerne in den

Ferien diese Oberteile mit Streifen? Blau auf weiß, rot auf blau, weiß auf hellblau oder umgekehrt? Diese bretonischen T-Shirts, die ihr selbst auf dem Kudamm augenblicklich das Gefühl von Freiheit, Sand und salziger Meeresluft geben und Appetit auf Fisch, Austern und einen gut gekühlten Weißwein machen?

Nur keine Karos, auch nichts Geometrisches und erst recht nichts Florales, einfach Streifen in nahezu allen Kombinationen. Breit neben schmal, hellgelb neben pastellgrün, schwarz und weiß, fünf Farben nebeneinander oder die des Regenbogens oder auch die der gesamten Farbpalette. Die Zahl der Mischungen und Kombinationen ist grenzenlos, und fast eine jede erfreut sie. Auch selber aufgemalt sind sie ein Kinderspiel, so schlicht und einfach beeindruckend.

Vielleicht zeigt sich ja auch diesen Abend wieder der gelborangerote Streifen am Himmel dort hinten ganz weit rechts und leuchtet noch eine kleine Weile, bevor die Nacht beginnt, ihre ganz persönliche Licht- Rhapsodie.

Streifen

WIE

„Was machst du da?"
„Ich zähle."
„Was zählst du?"
„Die Streifen."

„Was machst du????"

Es ist nicht immer leicht mit manchen Menschen, denke ich, während Niki mit seinen Fingernägeln den Streifen des Sitzpolstermusters entlangfährt und tief versunken ist. Und habe schon ein schlechtes Gewissen, ob ich ihn mit meiner Frage womöglich störe, aber er fährt weiterhin geduldig mit Zeige- und Mittelfinger das Muster entlang.

„Wir müssen gleich aussteigen", unterbreche ich ihn, denn der Bus steuert bereits die Haltestelle an. Doch meine Befürchtung, jetzt einen grellen Protestschrei zu hören, bestätigt sich nicht, und wir verlassen den Bus. Während ich auf dem Busbahnhof umherschaue, um den Weg zur S-Bahn zu finden, ist er schon damit beschäftigt, mit seinen Schuhspitzen die Streifen der Schatten zu berühren, die das Glasdach der Haltestelle auf den Boden wirft. Als wir dann auf dem Weg zum Bahnhof einen Zebrastreifen überqueren, fällt unser langsames Tempo nicht weiter auf, da sich eine ältere Dame mit Rollator im ähnlichen Tempo neben uns bewegt. Etwas schwieriger ist da schon das Streifenmuster auf dem Bürgersteig, über das sich Niki nur mit kleinsten Trippelschritten bewegt. Hier verlieren wir wertvolle Minuten, was mich nicht gerade ruhiger werden lässt.

Auf dem Bahnsteig lese ich auf der Anzeigetafel, dass die S-Bahn dreißig Minuten Verspätung hat, und schaue umher, um irgendeine sinnvolle Ablenkung zu finden. Mit einem gewissen Glücksgefühl entdecke ich das Schienengewirr vor dem Bahnhof und erfreue mich an der Präzision dieser Ansammlung von Linien und Schwellen. Reiße mich dann aber doch los, um gleich am

Streifenpullover eines jungen Mannes hängen zu bleiben, das elegant von einem schwarzen Bündel langen Haares durchbrochen wird. Von da aus wandert mein Blick auf eine heruntergelassene Klappjalousie des Bahnsteighäuschen. Auch hier präzise Streifen, die sich nach unten hin seitlich verschieben, weil dort etwas liegt. Ein herrliches Arrangement.

Wo ist eigentlich Niki gerade? Ich entdecke ihn etwas weiter vorne auf einer Bank sitzen. Er ist damit beschäftigt, die Streifen einer Cordhose einer jungen Frau mit blonden Haaren und dunklen Strähnchen mit seinem Zeigefinger abzufahren. Dass sie auch noch einen Stoffrucksack mit hellgrünen und beigen Streifen trägt, scheint Niki aber nicht so interessieren, er ist ganz mit dem Abtasten der Cordstreifen beschäftigt. Glücklicherweise macht er das etwa in Kniehöhe und nicht woanders. Als ich eingreifen und mich für Nikis Verhalten entschuldigen will, lässt mich die junge Frau netterweise wissen: „Lassen sie ihn ruhig, ich habe auch ein Faible für Streifen. Von mir aus könnte alles gestreift sein. Waren sie schon mal in Orvieto? Das sind sogar die Kirchen gestreift. Da müssen sie mal mit ihrem Sohn hinfahren, das würde ihm gefallen."

Dass Niki gar nicht mein Sohn ist, und ich trotzdem die Vorliebe für alles Gestreifte mit ihm teile, erwähne ich nicht.

Kann später werden

RAU

Auf jeden Fall muss ich heute pünktlich sein, denkt er während des Telefonats, denn ihr Leben ist getaktet, als wäre sie eine Managerin. Dabei ist Clara gerade erst neunzehn geworden und schon etwas länger in einer nicht ganz einfachen Lage. Irgendwie labil oder feinstofflich, so erklärt er es sich, und irgendwie zu weich für diese Welt. Niemand in der Familie ist so wie sie, so zerbrechlich, niemand hinterfragt so viel, niemand hat so einen glasklaren Blick auf die aktuellen Umstände und niemand mischt sich so viel ein.

„Wo möchtest Du hin?", unterbricht er sie, weil er sich kaum konzentrieren kann, während sie von ihren jüngsten Aktionen erzählt. Vielleicht will er es auch nicht so genau wissen. Seit Wochen schon klebt sie sich mit den anderen auf Straßen fest und findet das voll in Ordnung. Das ist ihr Leben, zu dem er nichts wirklich sagt. Natürlich hat er Angst um sie und macht sich seine Gedanken, wohin das alles führen mag, gesagt hat er es ihr noch nie, vielleicht macht er heute Abend mal einen Versuch.

Ihre Jüngste, die nach niemandem aus der Familie

kommt. Ein Unikat, ihr Sonnenschein, sein Juwel. Wären da nicht ihre Zwänge, ihr Wunsch nach Ordnung und Struktur gepaart mit strengem Minimalismus auf ganzer Linie. Kleidung, Wohnung und Essen. Mager würde er sie bezeichnen und lädt sie zum Essen ein, wann immer sie es einrichten kann. So auch heute, um 19 Uhr beim Koreaner, das wünscht sie sich. Isst kein Fleisch und am liebsten vegan, nimmt auch keinen Alkohol und keine Zigaretten oder Drogen. Erlebt vielleicht auch keine Liebe? Schon lange wagt er nicht mehr, sie danach zu fragen. Ob Mann oder Frau oder beides, es wäre ihm egal. Hauptsache, sie müsste nicht mehr alleine durchs Leben gehen, seine Kleine.

„Ich freue mich auf später", unterbricht sie plötzlich seine Gedanken, „und es kann ruhig später werden, ich weiß ja, wie schwierig es für dich ist, pünktlich zu sein. Ich habe ja immer was zu lesen dabei, bis später dann, Papa."

Kann später werden

WIE

Das höre ich einen Kollegen sagen, kurz bevor er einen Anruf beendet und sein Handy wegsteckt. Bei diesem Satz muss ich unweigerlich feststellen, dass ich verlässliche Zeitangaben ziemlich gut finde. „Kann später werden", was soll das heißen? Mal eben paar Minuten oder Stunden? In Filmen hört man den Satz „Kann später werden", wenn Männer die Arbeit, eine wichtige Besprechung oder andere Termine vorschieben, um Zeit für ihre Liebesaffären zu haben. "Kann später werden", ein Satz, bei dem aller Grund besteht, misstrauisch zu werden.

Aber es muss nicht jedes Mal eine Affäre vorliegen, wenn es später wird. Bei Fahrten mit der deutschen Bundesbahn oder über die Autobahnen des Ruhrgebiets und rund um Köln ist es normal, dass einem diese Nachricht zukommt. Macht euch bitte keine Sorgen, wartet nicht auf mich, fangt schon mal mit dem Essen an, mit der Feier oder der Bescherung.

Bin ich derjenige, der vom „Kann später werden" betroffen ist, finde ich es auch nicht einfach. „Kann später werden", das ist ein Zeitabschnitt, der sehr unterschiedlich ausfallen kann. Klar ist nur, zur verabredeten Zeit kommt es nicht, also irgendwann später. Viele Menschen sind vielleicht froh über geschenkte Zeit, um doch noch schnell etwas wegzuräumen oder zu erledigen, was man vorher nicht geschafft hat.

Bei mir ist es anders, schließlich bin ich meistens bemüht, pünktlich fertig zu werden, wenn ich Besuch erwarte. Natürlich schließt das nicht aus, dass ich gegen Ende noch einiges unter Stress erledigen muss. Aber wenn dann die Nachricht kommt, „Kann später werden", was im Zeitalter von Handys gerne äußerst kurzfristig mitgeteilt wird, finde ich es geradezu schwierig. Dieser Wechsel von einer hektischen Betriebsamkeit in eine Wartezeit voller Leere, in reines Nichtstun, ist einfach brutal.

„Warum nutzt du nicht die Zeit, etwas anderes zu machen", heißt es dann gerne. Was anderes, etwas für fünf oder zehn Minuten oder für eine halbe Stunde? Beginne ich dann mit einer umfangreicheren Tätigkeit, besteht das Risiko, plötzlich wieder abbrechen zu müssen, wenn es klingelt. Natürlich könnte ich den verspäteten Gast seinerseits auch warten lassen und vertrösten, weil das Telefonat noch dauert, eine Bestellung oder Überweisung noch online abgeschlossen werden muss, begleitet von der sprachlosen Geste, sich doch schon mal zu setzen und es sich gemütlich zu machen. Was aber auch nicht ungefährlich ist, gibt es dem wartenden Gast doch die Gelegenheit, sich selber wieder mit etwas anderem zu beschäftigen. Und wenn ich dann so weit bin, muss ich feststellen, dass ich wieder für einem Moment warten darf. Einen Moment, den man eigentlich dazu nutzen könnten, noch mal ganz kurz etwas im Flur wegzuräumen, ein paar Sachen aus der Waschmaschine zu sortieren, in der Küche schon mal etwas aufzuräumen ...

Ich kenne Besuche und Begegnungen, die aus nichts anderem bestehen, als sich gegenseitig warten zu lassen. Doch vielen Menschen macht das nichts aus und sie haben dennoch das Gefühl, sich gegenseitig besucht zu haben. Am Ende schwärmen sie sogar vom gemeinsamen Treffen und sind sich einig, genau das bald zu wiederholen.

Warten

RAU

„Information für ICE 508 nach München, heute circa zwanzig Minuten später wegen eines Notarzteinsatzes."

Da hätte sie sich nicht so beeilen müssen und locker noch zuhause die Haare föhnen können. Jetzt liegen sie feucht und platt am Kopf, dass sie sogar leicht frösteln muss. Bekommt sie jetzt zwanzig Minuten geschenkt, fragt sie sich. Natürlich nicht. Obwohl sie jetzt doch beginnt, genauer zu überlegen, aber so einfach geht das heute morgen noch nicht.

Wie immer vor einer Abfahrt hat sie schlecht geschlafen, was Dreierlei bedeutet. Spät eingeschlafen, öfters aufgewacht und zu früh wach geworden. In Summe hat sie nicht mehr als fünf Stunden geschlafen, was eindeutig zu wenig ist, zumal vor einem wichtigen Meeting. Und heute Abend geht es mit dem Kunden noch ins Restaurant, mittlerweile verflucht sie diese Außentermine. Aber sie ist Alberts bestes Pferd im Stall, wie er sagt, Akquise kann niemand so wie du, sagt er, und sie weiß es selber auch.

Sie greift zum Smartphone und sieht auf der Deutsche Bahn App nach ihren nächsten Anschlussmöglichkeiten in München, denn sie muss noch weiter nach Rosenheim. Beginnt den zweitägigen Termin zu verfluchen. Wie lange macht sie diesen Job schon, und wäre nicht langsam Zeit für etwas Anderes? Bloß nicht jetzt am frühen Morgen und ohne Frühstück diese schwierigen Fragen. Dann steht sie einfach so rum und sieht ins Leere. Was so auch wieder nicht stimmt, denn schon am nächsten Gleis bleiben ihre Augen an einem älteren Mann hängen, oder ist er doch so alt wie sie? In Sportkleidung sitzt er auf der einzigen Bank, neben sich Rucksack und ein stylisches Klapprad, und tippt auf seinem Laptop. Würde sie ihren Laptop mit auf eine Radtour nehmen? Aber so einfach wie früher lassen sich heute die Anderen eben auch nicht mehr ohne Weiteres einordnen. Vielleicht fährt er auch zu einem Meeting oder ist auf der Rückfahrt und wartet auf seinen Anschluss nach Hause? War nebenher sportlich unterwegs oder wird es sein?

„ICE 508 nach München, heute circa vierzig Minuten Verspätung."

Der Bahnsteig füllt sich immer mehr, es wird zu Smartphones, Snacks und Getränken gegriffen, die einzigen vier Sitzplätze sind belegt. Wann hat wer eigentlich dafür gesorgt, dass es so gut wie keine Sitzgelegenheiten mehr auf den Bahnsteigen gibt? Hat das mit den Terroranschlägen der letzten Jahre zu tun, die es zum Glück so nicht mehr gibt? Dafür haben wir jetzt andere Probleme. Es wird nicht leichter, nirgends, nur in der Phantasie.

Der Radfahrer gegenüber, so hat sie ihn genannt, tippt unbeirrt auf seinem Laptop als säße er im Büro. Unruhe verbreitet er nicht. So wie sie, mittlerweile ist sie auf dem zugigen Bahnsteig sicherlich schon fünfmal hin- und hergegangen. Erst zehn Minuten Warterei hat sie geschafft, noch viermal soviel liegt vor ihr. Geschenkte Zeit? Dass sie nicht lacht. Gestohlene Zeit, in der sie wer weiß was hätte machen können. Haare föhnen, in Ruhe frühstücken, mit Konrad noch das Wochenende besprechen. Oder die Papiere fürs Meeting nochmal durchgehen, dann braucht sie es nachher nicht mehr im Zug zu machen? Ihre Nachrichten checken oder sich auf Spiegel-online das Neuste von der Nacht und vom Tage durchlesen und sich die Laune verderben lassen? Oder soll sie jetzt alles hier sofort auf dem zugigen Bahnsteig erledigen, damit sie nachher auf ihrem weichen Sitz frei hat? Warum hat sie kein Klapprad dabei, dann könnte sie nach dem Meeting und vor dem bescheuerten Abendessen noch eine Runde drehen? Es genauso machen wie der Mann gegenüber, eigentlich sieht er sehr nett aus, säße er hier auf Bahnsteig acht, würde sie ihn ansprechen. Vielleicht würde er ihr dabei helfen, mit immer noch feuchten Haaren nicht ungeduldig und zunehmend schlecht gelaunt zu warten, sondern einfach die Zeit zu genießen und ein bisschen davon zu sparen. Aber für was eigentlich?

Warten

WIE

Ich warte
auf das Fax,
den Brief,

die Mail,
das Wort,
die man mir fest versprochen hat.

Weil ich drum bat,
weil ich es brauch.
Ich warte
auf den Hefeteig,
die Back- und Trockenzeit,
was mir so Köstliches verspricht,
auf die Vorspeise
und das Hauptgericht,
das mir so lang schon
Nase und Gaumen wohl besticht.

Ich warte
auf dem Parkplatz
und auf dem Gang.
Ich warte
auf den Aufruf,
die Nummer
und auch den Klang,
der mich dann holt,
der mich dann meint,
der nun endlich
Wunsch und Zeit vereint.

Ich warte auf die Zusatzpläne,
Neuvorschläge und die Verbesserung,
alles was kommen wird,
wenn es mal wirkt,
wenn es mal gilt,
wenn dann das Neue endlich zählt.

Ich warte
auf das Bier,
den Wein,
das Wasser
und auf den freien Tisch für mich.
Auf das Essen, das nicht kommt,
die Suppe, die nicht wärmt,
das Wasser, das nicht stillt,
und auf den Kellner,
der mich nicht sieht,
dass ich endlich zahlen kann,
was man mir so lang vor enthielt.

Ich warte
im Stehen,
Liegen,
Sitzen,
Laufen.
Ich warte und weiß genau,
jetzt muss ich mich zusammenraufen.

Und ich warte
auf Antwort,
auf Rat und Schlag,
auf Blutwert,
Messwert
und das Labor,
auf das Rezept
und den freien Platz,
auf Therapie oder Ersatz,
auf Ausgleich und Gerechtigkeit,
auf das Ende von Leid und Not.
Denn dafür wär' jetzt nun wirklich Zeit,
weil ich so lang hab warten müssen.

Salz

RAU

Ich habe gut gewürzt, sagt Charlotte mit ihrer gewissen Strenge, als du wie immer vor dem ersten Bissen zu Salz- und Pfefferstreuer greifst. Dass sie es nicht lassen kann, herrje. Lass Dich nur nicht kirre machen, Konrad und greife beherzt zu.

Ich weiß, seit Längerem schon habe ich einen schlechten Ruf, das war früher anders. Denn ich bin lebenswichtig, hundertfünfzig bis dreihundert Gramm von mir stecken in jedem von Euch. Nicht mehr als fünf Gramm pro Tag sollt ihr täglich zu Euch nehmen, dass ich nicht lache. Ich gehöre mittlerweile zur Gruppe der zu Unrecht diskriminierten Spezies, jawohl.

Früher ging es mir eindeutig besser, früher wurde ich geschätzt und reichlich verwendet. Früher, als es noch keine Kühl- und Gefrierschränke gab, und ich unentbehrlich in der Küche war. Mit mir wurden Fleisch- und Wurstwaren gepöckelt, wurden Fische in einer dicken Schicht erst aufbewahrt und dann zubereitet. Heute gibt es nur noch wenige solcher Rezepte. Mit mir wird auf der ganzen Welt gekocht und in der kalten Jahreszeit Eis und

Schnee geschmolzen, damit ihr euch sicher auf Wegen und Straßen bewegen könnt. Ich säubere eure Maschinen, und bekommt ihr schlecht Luft, inhaliert ihr mich. Früher habt ihr zu mir gegriffen, wenn ihr euch schwindelig gefühlt habt oder eine Ohnmacht drohte. Lang ist's her.

In allen Meeren auf diesem Planeten bin ich reichlich vertreten. In großen Bergstollen und in flachen Wasserbecken werde ich auf natürliche Weise gewonnen, ob Berchtesgadener Salz oder Fleur de Sal aus der Bretagne, ich bin ein wertvoller Stoff, an dem sich viele erfreuen und viele verdienen. Dass ich auch industriell gefertigt werde, geschenkt.

Und in der Sprache erst bin ich unverzichtbar, hier ein paar Beispiele, die mir gerade einfallen:
Salz ist das weiße Gold.
 Salz ist von den reinsten Eltern geboren, der Sonne und dem Meer.
Salz in der Suppe.
Brot und Salz, Gott erhalt's.
Salz in die Wunde streuen.
Ohne Salz ist das Leben nicht süß.
Humor ist das Salz der Erde.
Gefühl ohne Verstand ist wie Suppe ohne Salz.
Verstand ohne Gefühl ist wie Salz ohne Suppe.

Also greife nur beherzt zu, Konrad, und lass Dir nicht von Deiner Frau die Freude an mir nehmen. Vielleicht sollte sie sich einmal wieder an einen anderen Spruch über mich erinnern: Schatz, das Essen ist versalzen, du bist verliebt.

Salz

„Ach was für ein herrlicher Abend." Sie kämmt sich mit ihren Händen durch das füllige, leicht silbrige Haar.

„Ja, wunderbar", meint er mit leicht vollem Mund, denn er hat gerade eine Gabel mit Spaghetti zu sich genommen.

„Haben sie vielleicht noch etwas Salz?", jetzt hat er den Mund frei.

Die Salzmühle steht vor ihnen.

„Wissen sie, ich benutze kein Salz beim Kochen, jeder mag es schließlich anders."

„Das mag schon stimmen, aber Nudeln brauchen schon etwas Salz."

„Jeder kann sich ja die Menge Salz hinzufügen, die zu ihm passt. Für mich selber eher weniger, denn es soll ja auch gar nicht so gesund sein."

Er schaut sie etwas fassungslos an.

„Was da vor ihnen steht, ist eine elektrische Salzmühle. Sie müssen einfach nur auf den weißen Knopf drücken, dann geht alles wie von selbst."

Er hat gerade einmal kurz probeweise gedrückt, als sie sich noch einmal einmischt:

„Ich an ihrer Stelle würde aufpassen, dass ich mir nicht zu viel nehme."

Er traut sich kaum, noch ein weiteres Mal zu drücken, dabei wäre auch etwas Pfeffer nicht schlecht.

„Ich liebe diese riesigen Teller, richtig wie in Italien," meint sie sichtlich zufrieden mit ihrer Kochkunst.

Italiener essen Pasta meistens aus mittelgroßen Suppentellern, dass mit den übergroßen Tellern ist eine Erfindung von teuren, deutschen Restaurants, denkt er nur.

„Ich habe auch noch etwas Parmesan, auf meinem letzten Messebesuch habe ich ein paar Tütchen mitgehen lassen. Mir reicht dieser Parmesan aus den Tüten vollkommen, ich weiß nicht, wie es ihnen geht? Der frisch geriebene Parmesan ist mir meisten zu salzig."

Er winkt ab, aber da ist sie schon aufgestanden.

Es ist der erste Abend, den sie privat zusammen verbringen. Bisher kannten sie sich nur von der Arbeit, von geschäftlichen Treffen, auf denen sie sich immer gut verstanden haben. Und genau deswegen haben sie sich heute auch mal privat verabredet.

Als sie zurückkommt, greift er zum Rotweinglas. „So, dann mal zum Wohl, auf diesen herrlichen italienischen Abend auf dem Balkon."

Sie rückt ihr leichtes Sommerkleid zurecht. Fast etwas zu groß für ihre zierliche Gestalt, denkt er und zieht sein dunkelrotes Poloshirt nach unten. Vielleicht hätte er das besser eine Nummer größer kaufen sollen. Dann nimmt er einen kräftigen Schluck Rotwein.

„Wie fanden sie den Tatort gestern?", fragt sie etwas überraschend.

"Etwas fad, irgendwie fehlte der Esprit. Alles etwas steif und gekünstelt, die Geschichte insgesamt doch recht harmlos."

„Mir hat er gefallen, endlich mal nicht so überspitzt und dramatisch."

„Wie man es nimmt, das Drehbuch hätte auch für eine Vorabendkrimi gereicht."

„Mir reicht so etwas auch am Sonntagabend, für mich müssen es nicht immer so schwere Themen sein."

Er wechselt das Thema. „So eine herrliche Pasta und

ein guter Rotwein, was will man mehr?"

„Finden sie den Rotwein gut? Ich finde, er passt nicht zum Essen, ein leichter Rosè wäre mir lieber gewesen."

Er legt Löffel und Gabel beiseite und schaut in den Himmel, möchte ihre endlich mal eine Zustimmung entlocken. „So ein leichtes Lüftchen, das ist am Abend doch angenehm, nach so den heißen Temperaturen tagsüber."

„Mir ist es immer noch viel zu heiß, von mir aus bräuchte es nicht so heiß sein."

„Daran werden wir uns in Zukunft wahrscheinlich gewöhnen müssen."

„Das mit der Klimakatastrophe wird meiner Ansicht nach überschätzt." Dann steht sie etwas unerwartet auf und greift sich die Schüssel mit den Nudeln und die Pfanne: „Ich denke, das alles kann ich noch gut einfrieren, das reicht noch für eine weitere Mahlzeit", und leert sein Weinglas in einem Zug. „Mir steigt Rotwein immer viel zu schnell zu Kopf", bemerkt sie, während sie ihn mit großen Augen anschaut."

„Stimmt, das hat Rotwein so an sich." Gerade hat er den Entschluss gefasst, das nächste Mal eine digitale Partnerbörse auszuprobieren. Da soll ja schon im Vorfeld eine größere Übereinstimmung garantiert sein.

Spielchen

RAU

Nun komm, hab Dich nicht so. Du bist müde und brauchst etwas Entspannung. Musst runterkommen nach dem langen Tag und den vielen Aufregungen, hast Du Dir wirklich verdient. Nimm Dein Tablett zur Hand und sieh mich an, so schön bunt bin ich und weiß dich im Nu abzulenken. Nur ein paar Sekunden, und dann bist Du bei mir.

Siehst Du, schon sind die Karten gemischt, du musst nichts anderes machen, als Dich ein bisschen auf mich einzulassen. Rote Zehn unter den Kreuzbuben, und da links ist schon die Pik Neun, na also, geht doch. Und so bist Du bei mir, es wird nicht lange dauern, und ich versprechen Dir, Du wirst loslassen, alles vom Tag loslassen und vergessen. Da kommt das Kreuz As, lege es nach oben und dann Kreuz Zwei, Drei und Vier darauf. Na also.

Und stimmt's nicht? Hast schon beinahe alles vergessen vom Tag oder nicht? Den unpünktlichen Bus, die volle Bahn, den nervigen Chef, der heute schon unbedingt die Präsentation von Dir wollte. Einen Tag vorher! Geht gar nicht, aber so ist er, will immer alles früher haben, dabei munkelt man, dass er bald abgelöst und nach Frankfurt versetzt wird. Soll er endlich gehen, du wirst ihm nicht nachweinen.

Herzkönig! Und eine Spalte ist frei, was bist Du doch für ein Glückspilz, jetzt kannst Du schnell weiterlegen, Kreuzdame, und den Kao Buben hast Du auch dort unten links. Läuft doch wie geschmiert. Ganz anders als Dein Tag heute.

Konrad schläft schon neben Dir, und Du brauchst kein Licht anzumachen, um mit mir zusammen zu sein. Störst ihn also nicht, er wirkte heute Abend ja auch recht mürrisch, der Schlaf wird ihm guttun. Ihr beide bräuchtet bald mal eine Auszeit, so richtig wegfahren und die Seele baumeln lassen. Habt einfach zu viel um die Ohren und macht Euch eine Menge Sorgen. Doch jetzt sind wir beide zusammen, und das ist schön so.

Herz Zehn? Hm, sehe leider keine Möglichkeit, sie anzulegen. Auch Karo Bube geht nicht. Doch gib nicht auf, bald kannst Du Dich an Deinen Liebsten ankuscheln und die Augen schließen. Nur noch drei Karten, dann hast es geschafft. Karo Vier! Juheee, die kommt unter die Kreuz Fünf und dann legst du die Pik Drei. Geschafft! Gratulation! Magst Du weitermachen? Bestimmt, wie ich Dich kenne, denn habe ich Dich einmal eingefangen, dann habe ich Dich. Und das ist wunderbar.

Wieviel angenehmer bin ich doch als manch andere Alternative. Was ist schon ein Whisky oder ein Rotwein gegen mich? Oder diese Geschichten mit den Männern, erinnerst Du Dich noch, wie gemein damals Jörg (oder hieß er Jens) zu Dir war? Wie er Dich und Deine Gefühle so überhaupt nicht ernst nahm und ein schrecklich schmerzhaftes Spielchen mit Dir spielte. So sagt man doch, da bin ich ja der reinste Genuss. Komm, klick noch einmal auf Start, und dann machen wir beide es uns noch eine Weile schön. Schlafen kannst Du danach, tief und fest, versprochen.

Spielchen

WIE

„Ja, dann wünsche ich ihnen eine gute Einarbeitung. Schauen Sie sich erst mal um, verschaffen sie sich einen Überblick, wie hier alles zusammenhängt, lernen sie verstehen, wie der ganze Laden so läuft." Der Chef drückte ihr ein wenig zu lange und zu fest die Hand.

Als sie kurz darauf zu ihrem Einstand das Tablett mit den Muffins in der Kaffeeküche abstellte, musste sie sich erst einmal von einer jüngeren Kollegin sagen lassen „So zuckersüßes Zeug isst hier keiner."

„Lass die mal reden", flüsterte ihr eine andere Kollegin zu, „das sind die üblichen Spielchen, erst von Zuckerzeug reden und nach einer halben Stunde ist alles weggeputzt."

Sie ließ sich nicht weiter irritieren und platzierte das Begrüßungsschildchen, das sie am Abend zuvor noch gemalt hatte, zwischen die Muffins.

„Ah, eine verkannte Künstlerin", bemerkte ein etwas rundlicher Kollege, nachdem er mit drei Muffins in der Hand das Schild übertrieben lange angeschaut hatte.

„Und was ist mit den Kolleginnen, die vegan unterwegs sind?", fragte jemand.

Alles genauso, wie es ihre beste Freundin gestern am Telefon vorausgesagt hatte: „Das sind so Spielchen mit den Neuen, die darfst du nicht so ernst nehmen", hatte sie gemeint.

„Oh, die sehen aber köstlich aus, haben sie die selber gebacken? Und das Begrüßungsschildchen, das gefällt mir gut, so was würde ich auch gerne können. Ich bin übrigen Schallenberg, du kannst mich auch Schalli nennen, und wenn du mal ein Problem hast, ich habe immer ein offenes Ohr."
Vor solchen Angeboten sollte man sich in Acht nehmen, dachte sie nur.

Um elf Uhr war es dann soweit, das erste Abteilungstreffen mit den Chefs. Doch gleich an ihrem ersten Arbeitstag musste sie hören, dass womöglich einige Abteilungen schließen müssten, weil die ganze Sparte auf dem Spiel stünde.
Beim Rausgehen beruhigte sie der etwas rundliche Kollege: „Die üblichen Spielchen auf der Chefetage, machen Sie sich mal keine Sorgen, den Druck machen sie immer. Und ihre Muffins waren übrigens hervorragend, um nicht zu sagen, formidabel."
Fast gleichzeitig wurde sie von links angesprochen, „Das mit dem vegan vorhin war übrigens nicht so ernst gemeint, echt nette Idee mit den Muffins, ich bin übrigens die Karin."
Jedenfalls war sie erstaunt, wie eine angedachte Schließung die Stimmung verbessern konnte. Doch genau in dem Moment sprach sie ein älterer Kollege an: „Falls sie jetzt meinen, als Neue mit Vorschlägen zur

Digitalisierung und so was bei den Chefs landen zu können, passen sie lieber mal auf den Stuhl auf, auf dem sie sitzen, bevor sie sich zu weit aus dem Fenster lehnen."

Was konnte er damit meinen, sie war gerade mal sechs Stunden auf ihrer neuen Stelle.

„Kümmere dich nicht um den," flüsterte Karin „solche perfiden Sprüche habe ich zu Beginn auch abbekommen. Das ist in Wirklichkeit ein armer Kerl, der selber um seinen Platz bangen muss."

Als sie kurz vor Feierabend ihren Schreibtisch aufräumte und alle Unterlagen, die sich an ihrem ersten Arbeitstag angesammelt hatten, zurückbringen wollte, meinte genau dieser Kollege: „Ruhig mal was auf dem Schreibtisch liegen lassen, sonst denken die anderen noch, sie hätten nichts zu tun." So klang auch er wieder ganz freundlich.

Die üblichen Spielchen, wie Teams und Zusammenarbeit halt so funktionieren, dachte sie und sagte nichts, als die Kollegin, die vom Zuckerzeug gesprochen hatte, die restlichen Muffins in ihren Rucksack packte.

Einen Moment bitte

RAU

Das hat er gesagt und ist dann nach hinten ver-
schwunden. Nun sitzt sie da und staunt nicht schlecht
oder ist irritiert und mehr als das? Im Grunde genommen
ist sie verstört, das trifft es am besten. Einen Moment
bitte, so altmodisch klingt es, so höflich, nicht entschuldige oder sorry oder warte mal kurz.

Sie nippt an ihrem Kaffee und sieht seine leere Tasse
auf dem Tisch. Sonst ist nichts von ihm. Über eine Stunde
sitzen sie schon hier, haben eine Tomatensuppe gegessen, sich einen Flammkuchen geteilt und noch einen Kaffee bestellt. Haben geredet und gelacht, sich aus ihren Leben erzählt und sogar so etwas wie Pläne gemacht. Wenn
sie sich so gut auskenne in der Stadt, könnten sie ja mal
zusammen mit dem Rad ... er wolle viel kennenlernen,
hat er gesagt.

Er wohnt erst seit Kurzem in der Stadt, hat einen si-
cheren Job, zwei Kinder und ist geschieden. Genau wie
sie. Alter, Größe, Herkunft passen, die Interessen auch.
Eine gute Portion Humor und feine, schmale Hände hat
er, wache Augen und überhaupt. Eigentlich gefällt ihr alles an ihm. Seit zehn Tagen kennen sie sich, gerade haben

sie ihr drittes Treffen. Auch dieses Mal ist sie noch aufgeregt, und der Kaffee trägt nicht unbedingt dazu bei, dass sie ruhiger wird.

Und nun das. Einen Moment bitte. Muss er ein dringendes Telefonat machen, oder hat sie eben nicht aufgepasst? Natürlich hat sie Zeit, einen Moment lang zu warten, weil er am Abend noch etwas Wichtiges zu tun hat oder regeln muss. Warum nicht? Aber ist da nicht auch etwas in seinem Blick gewesen und in seiner Mimik, das ihr jetzt zu denken gibt? Hat er wirklich noch so aufmerksam und zugewandt gewirkt wie bei den beiden letzten Treffen und ist er mit seinen wachen Augen nicht doch ziemlich oft im Bistro unterwegs gewesen? Sie will anfangs nicht zu zimperlich sein, keineswegs, aber doch höchst konzentriert, denn das hier wird keine Lappalie werden, ganz egal wie es weitergehen wird. Dazu hat er zu viel von dem, was ihr gefällt und darüber hinaus noch eine Menge von dem, was ihr gefährlich werden könnte. Das riecht sie mittlerweile, denn damit kennt sie sich aus, mit charmanten Männern, die den ersten Akt meisterlich beherrschen und die Frau dabei regelrecht um den Finger wickeln, um sie dann sehr bald und sehr lange zappeln und leiden zu lassen. Wieder denkt sie an seine unruhigen Augen, die einerseits sehr wach sind, doch gleichzeitig auch alles andere checken. Und an den leicht spöttischen Zug um den Mund, als sie von ihrem Job und den Schwierigkeiten mit ihrem Chef erzählt hat. Und hat er nicht doch ein bisschen viel von sich berichtet, wie toll seine Arbeit laufe, wie gut er sich mit den Kindern versteht, wie entspannt mit der Exfrau?

Einen Moment zu warten ist nicht schwer, ihn falsch zu verstehen kann sehr lange schmerzen. So legt sie Geld auf den Tisch, nimmt Tasche und Mantel und geht zur anderen Tür hinaus. Nochmal Glück gehabt, denkt sie draußen auf dem Bürgersteig und klopft sich gedanklich auf die Schultern.

Einen Moment bitte

WIE

Kurz überlege ich, wie es früher war, als die Menschen ihren Blick nicht ausschließlich auf Bildschirme richteten, und kann mich allerdings kaum noch daran erinnern, ob es damals auch schon hieß: einen Moment bitte, um dann den anderen beim Blättern in Aktenordnern, Krankenakten oder sonstigen Nachschlagewerken warten zu lassen.

Jedenfalls nicht so wie heute, wo fast jeder wichtige Kontakt mit dem Blick in den Computer beginnt, und ich überhaupt nicht weiß, worum es gerade geht. Zum Beispiel in Apotheken, da wird heute das Rezept entgegengenommen und dann beginnt eine lange und geheimnisvolle Recherche hinter dem Monitor des Computers. Selbst wenn ich nur ein Allerweltmedikament brauche, scheint es dennoch kompliziert zu sein. Es wird getippt, gescrollt, der Blick fährt den Bildschirm rauf und runter. Warum das alles nötig ist, kann ich nur erahnen, dem Gesicht der Apothekerin nach zu urteilen ist es aber äußerst wichtig.

Nicht viel anders in Buchhandlungen, Heimwerker-

und Elektronikmärkten oder sonstigen Fachgeschäften, wo es die angeblich so geliebte Fachberatung noch gibt.

Und falls ich dort auch mal eine Frage habe, wandert der Blick sofort wieder auf einen Monitor, und ich stehe wartend daneben, sicherlich nur einen winzigen Moment, hoffe ich. Doch falls ich dann doch noch etwas sagen oder fragen will, keine Chance. Mich scheint es nicht mehr zu geben, während der Recherche unterhält sich die Fachberatung lieber mit dem vertrauten Computerprogramm. Bis ich dann das Ergebnis seiner stillen Unterredung zu hören bekomme: „Gibt's nicht mehr, leider nicht lieferbar."

Genauso beim persönlichen Arztbesuch, während ich noch meine Beschwerden vorzubringen versuche, ist die Fachärztin mit meiner Krankenakte im Computer beschäftigt. Bisherige Krankengeschichte, Vorsorgeuntersuchungen, Laborergebnisse, Medikamentenverschreibung. Die digitale Akte weiß bestens über mich Bescheid, was sollen da meine stammelnden Selbstdiagnoseversuche, wenn sie alle relevanten Daten am Monitor ablesen kann.

Einen Moment bitte heißt es, und es ist eine Selbstverständlichkeit, diese konzentrierte Abwesenheit zu ertragen. Dabei kann ich mir noch nicht mal sicher sein, ob mein Gegenüber nicht mit etwas ganz anderem beschäftigt ist, mit der Akte des vorgehenden Kunden oder Patienten, mit einer privaten Recherche, schnell mal einen Termin online buchen, ein paar persönliche Nachrichten lesen, eine Bestellung fürs Mittagessen aufgeben. Das sieht alles gleich aus, und an der Mimik lässt sich nichts ablesen, falls ich das Gesicht überhaupt sehe.

Ich frage mich, ob ich der Einzige bin, der diese Form der Ignoranz schmerzhaft und beleidigend findet, wenn es heißt, „einen Moment bitte", und dieser womöglich eine Ewigkeit dauert. Aber vielleicht bin ich auch nur der kleine verwöhnte Junge, der früher zuhause zu viel Aufmerksamkeit bekam. Da sind die Kinder von heute besser auf das digitale Zeitalter vorbereitet. Die Eltern sind sowieso die meiste Zeit mit ihrem Handy beschäftigt und signalisieren deutlich, es gibt Wichtigeres als den Kontakt zum Kind. Und letztlich dient es ja auch dem Wohle des Kindes, irgendwie jedenfalls. Wenn man andere Termine checkt, Fahrpläne, Navigationen oder das Wetter studiert, Rezepte vergleicht oder nach ein paar neuen Gummistiefeln schaut, die die Kleinen so dringend brauchen.

Aber es wird nur noch wenige Jahre oder Monate dauern, bis die Kinder selber ein Smartphone in den Händen halten und sie die Eltern einfach warten lassen, wenn die dann eine Frage haben.

Nachwort

Neugierig geworden? Besuchen Sie unsere Homepage: www.rau-wie.de

Wenn Sie regelmäßig über Neuerscheinungen auf unserem RAU-WIE-BLOG informiert werden möchten, schicken Sie uns eine E-Mail: rau-wie@web.de

Ihre E-Mail-Adresse wird ausschließlich zur Zusendung der Hinweise zu Neuerscheinungen verwendet, nicht an Dritte weitergegeben und zu keinen Werbezwecken benutzt.

Das erste Buch aus der Reihe:
Texte zu Alltäglichem

Drogeriemarkt, Kleine Risse, Wind oder einfach nur Jetzt! Beim „Speed-Writing" entstehen gleichzeitig und in kurzer Zeit ohne jede Absprache unterschiedliche Texte zum gleichen Thema: kleine Geschichten, vergnügliche Begebenheiten, nachdenkliche Erinnerungen, überraschende Situationen treffen aufeinander.

Im RAU-WIE-BLOG erscheinen seit Anfang 2022 wöchentlich solche „Doppeltexte" zu einem Thema. Für diesen ersten Band wurden 26 Impulse aus dem ersten Jahr ausgewählt. 52 kurzweilige Texte, die vom Alltäglichen, vom Einfachen und Komplizierten, von Vertrautem und Besonderem erzählen. Neu illustriert mit Zeichnungen und Collagen von Jan Wiegand.

Ute Rautenberg ist Kulturwissenschaftlerin und Romanautorin (Pseudonym Paul Horn) und lebt in Berlin.

Jan Wiegand ist Texter und Illustrator, promovierter Psychologe und lebt in Bonn.

Ute Rautenberg / Jan Wiegand
Da Draußen
Texte zu Alltäglichem
Taschenbuch: 182 Seiten
ISBN: 978-3-7583-0304-3
Preis: 11,- EU